„Ich weiß nicht, ob du alles weißt, was es in Bezug auf kleine Spiegel zu wissen gibt: aber von diesem schweige.“

Arthur Machen in einem Brief an James Branch Cabell, 17. Februr 1918

„Schriftsteller sind Lügner.“

Erasmus Fry in einem Gespräch, 6. Mai 1986

FRANK NEUBAUER
übersetzung

JÖRN KRUG
lettering

WOLFGANG KELLER
gestaltung

GEORG F. W. TEMPEL
redaktion

1. Auflage
FEEST USA
Postfach 10 12 45
70011 Stuttgart
Übersetzung aus dem Amerikanischen:
Frank Neubauer
Chefredaktion: Michael Walz
Stellv. Chefredakteur
und verantwortlich
für dieses Album:
Georg F.W. Tempel
Lettering: Jörn Krug
Gestaltung:
Wolfgang Keller
Originaltitel:
The Sandman
Dream Country
Originalveröffentlichung 1990
als Sandman-Hefte 17-20

Druck und Verarbeitung:
Tiskarna Ljudske Pravice, Slowenien
Lizenz über
Agentur Hans W. Fuchs,
Stuttgart
ISBN 3-928108-29-8

Gedruckt auf chlorfreiem Papier
Umschlagveredelung mit umweltverträglichem
Lack

SANDMAN

TRAUMLAND

geschrieben von NEIL GAIMAN

CALLiOPE

illustriert von
KELLEY JONES & MALCOLM JONES III

DER TRAUM DER TAUSEND KATZEN

illustriert von
KELLEY JONES & MALCOLM JONES III

EiN MiTTSOMMERNACHTSTRAUM

illustriert von
CHARLES VESS & MALCOLM JONES III

zitiert aus William Shakespere ,,Ein Sommernachtstraum"
übersetzt von August Wilhelm von Schlegel
Universal Bibliothek Nr. 73
Philipp Reclam jun. GmbH & Co., Stuttgart

FASSADE

illustriert von
COLLEEN DORAN & MALCOLM JONES III

TOD SPRiCHT üBER AiDS UND SAFER SEX

illustriert von
DAVE McKEAN

Mit Charakteren geschaffen von
NEIL GAIMAN, SAM KIETH & MIKE DRINGENBERG

FeestUSA

EINLeITUNG

von Steve Erickson

Mein Vater starb im letzten Jahr. Er war einige Zeit krank gewesen. Zwei Wochen nach seinem Tod träumte ich von ihm. Ich ging durch die Räume eines sehr netten Pflegeheims; die Fenster waren geöffnet, und draußen wogten der Himmel und die Bäume in einer leichten Brise. Es war niemand in diesem Heim, außer meinem Vater. Er saß aufrecht im Bett und sah gut aus; er war gelassen und glücklich. Er begrüßte mich. Oh, sagte ich, das ist ein Traum.

Das ist kein Traum, antwortete er. Eine Weile saßen wir da und diskutierten darüber. In seinem Schoß hielt er einen kleinen Teller, und auf dem Teller war eine kleine Pastete. Er gab mir die Pastete und sagte: Hier, probier das was ich auch tat. Er sagte, du kannst sie schmecken, nicht wahr? Das stimmte. Er sagte, du kannst sie schmecken, weil dies kein Traum ist. Aber ich glaubte ihm nicht, und dann wachte ich auf. Doch ich erwachte nicht zu vollem Bewußtsein, sondern in einem weiteren Traum.

Seitdem dieses passiert ist, habe ich einigen Leuten davon erzählt, und jeder von ihnen sagte dasselbe. Jeder von ihnen meinte, daß mein Vater recht hatte.

Ich schreibe dies am Morgen. Ich schreibe es auf die Schneide der Klinge, die auf der einen Seite Bewußtsein, auf der anderen Traum ist, jener feine silberne Horizont, vor dem man vor dem Einschlafen schwebt, und auch, bevor man vollständig erwacht. Neil Gaiman lebt hier die ganze Zeit. Er notiert seine Geschichten und schickt sie aus dem dünnen, silbernen Horizont, dessen Brücke der Rest von uns zweimal am Tag überquert. Gaiman ist der Troll, der unter der Brücke lebt; er macht seinen Visionen in Sprechblasen Luft, die nur flüchtig unseren starren Blick erhellen, und die mit der nächsten Erinnerung verschwunden sind. Träume von dem, was wir liebten und versorgen; Träume, die lebendiger sind als unsere Leben; Träume, die dir erzählen, daß sie keine sind, von denen Fragen ausgehen, die unseren Geist beschäftigen und fesseln, bis sie ihn endlich befreien, wenn wir für die Antworten tapfer genug sind. Mit anderen Worten, Gaimans Vorstellungen von einer guten Zeit.

Wenn ich behaupte, er schreibt Kreise um jede andere Person in der Comicwelt, dann tue ich dies nicht einfach, um ihn mit Gilbert Hernandez, Art Spiegelman und seinem Landsmann Alan Moore zu vergleichen, sondern literarisch gesprochen: Denn Neil Gaimans Geschichten in *Sandman* steigen konzentrisch hinab in ein erzählerisches Labyrinth, zu einem Raum in der Mitte, wo man erwartet, einen Beichtstuhl zu finden, und statt dessen eine Steppe betritt, die reicht, soweit das Auge schaut.

In derselben Weise lauert der Charakter, genannt Traum oder Morpheus oder Sandman, im Mittelpunkt jeder Geschichte dieser Sammlung und bevölkert die äußeren Gegenden. In ,,*Calliope*" schließt ein einmal erfolgreicher Autor, der in seiner Kunst so impotent geworden ist, daß er nicht länger schreiben kann, einen Handel ab, um seine Muse zu versklaven und sie für seine Inspiration zu verzehren, wenn er sie nicht zu seinem Vergnügen vergewaltigt. In ,,*Ein Traum von tausend Katzen*" erkennt eine Pilgerschaft von Katzen- deren Welt von Menschen beherrscht wird, die ihre Kätzchen ergreifen, sie in Beutel stopfen und in die Vergessenheit schleudern- daß sie ihr Schicksal durch eine gemeinsam geträumte Erinnerung verändern können. ,,*Ein Mittsommernachtstraum*" folgt einer fahrenden Theatergruppe des sechzehnten Jahrhunderts zu einer Aufführung, bei der sich während des Spiels alles ändern wird; und wenn am Ende die Masken fallen, sind die zum Vorschein kommenden Schauspieler nicht dieselben, die zu Beginn die Masken aufsetzten. Und einer alten Comicheft-Figur, hier unbenannt für diejenigen, die nicht soviel Zeit in der Welt der Comics verbringen, gehen in ,,*Fassaden*" die eigenen Masken zu Ende. Sie kann jedes Element ihrer Existenz verändern, außer dem wichtigsten, denn die Gleichung für die Seele entstammt einer Physik, die sowohl viel einfacher als auch wesentlich komplizierter ist, als all das, was die Menschen je erdachten. Nur die raffinierteste kleine Inkarnation, die man je vom Tod sah, spendet ihr Trost in ihrer Einsamkeit; im letzten Licht der Sonne, als der dünne silberne Horizont sie in seinem wilden Glanz badet, wird Element Girl von ihrer sterblichen Hülle befreit, bis auf etwas, das sich der Zerlegung wiedersetzt. Dann starrt das ewige Gesicht des Herzens mit Mitleid auf das verwüstete Gesicht der Psyche.

Traumland folgt der vorhergehenden Sandman-Erzählung *Das Puppenhaus*, die im vierten Band der Serie begonnen wird. Ich würde sagen ,daß *Das Puppenhaus* Neil Gaimans Meisterwerk ist, denn zu der Zeit, als er es schrieb, war es das: aber er fuhr fort und komplizierte alles, indem er *Zeit es Nebels* in *Sandman* Nummer 21-28 verfaßte, welche besser ist, konfrontiert sie doch den Überbringer der Träume mit der Notwendigkeit seiner eigenen Erlösung. Jedoch könnte es in mancherlei Hinsicht *Traumland* sein, das Zwischenspiel zwischen diesen beiden Erzählungen, das am besten beschreibt, worum es bei *Sandman* geht. So dargestellt in der prachtvollen Kunst von Kelley Jones, Charles Vess, Colleen Doran und Malcom Jones, hält es den dunklen Spiegel von Neil Gaimans Bemühungen der Vielzahl der oben aufgeführten zerrissenen Leben entgegen, und in jedem von ihnen sind wir gezwungen, eine Ähnlichkeit zu erkennen. Dies also ist der Sandman deiner eigenen Brücke, die Brücke, die du diesen Morgen überquertest, über die du am Abend zurückkehrst. Schenk dem Kobold darunter nicht zuviel Beachtung, er ist ein frecher Bursche. Er wird nirgendwohin gehen. Er wird auch morgen noch da sein, und auch tags darauf; hör lieber

auf die anderen Stimmen in Neil Gaimans Nächten. Sie sind katzenhaft und shakespearisch, entblößend, ehrgeizig und herzzerreißend einsam. Es ist ein Traum, sagst du. Es ist kein Traum, antworten sie.
Steve Erickson

Los Angeles,
Juli 1991

Calliope

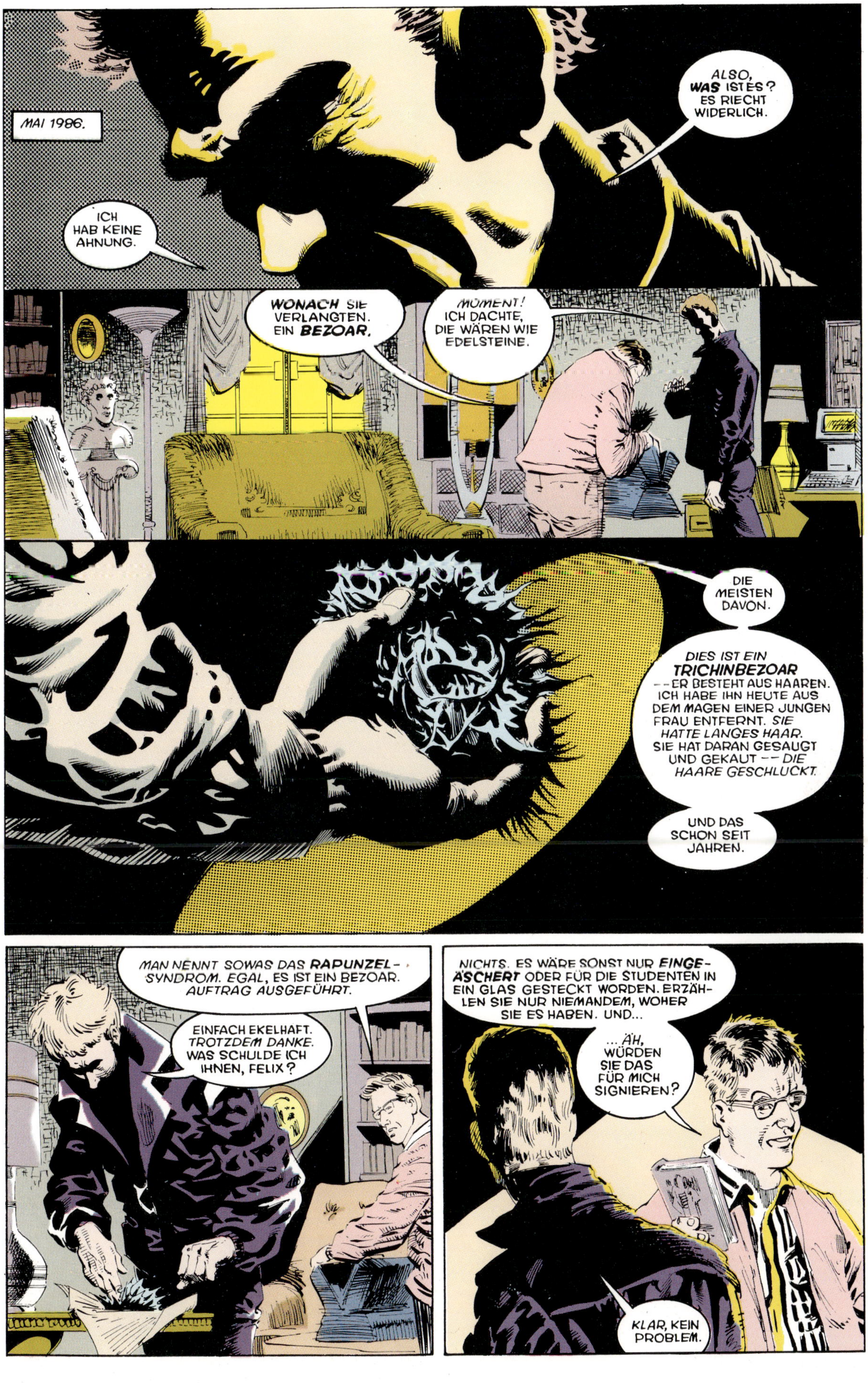
MAI 1986.
ALSO, WAS IST ES? ES RIECHT WIDERLICH.
ICH HAB KEINE AHNUNG.
WONACH SIE VERLANGTEN. EIN BEZOAR.
MOMENT! ICH DACHTE, DIE WÄREN WIE EDELSTEINE.
DIE MEISTEN DAVON.
DIES IST EIN TRICHINBEZOAR -- ER BESTEHT AUS HAAREN. ICH HABE IHN HEUTE AUS DEM MAGEN EINER JUNGEN FRAU ENTFERNT. SIE HATTE LANGES HAAR. SIE HAT DARAN GESAUGT UND GEKAUT -- DIE HAARE GESCHLUCKT.
UND DAS SCHON SEIT JAHREN.
MAN NENNT SOWAS DAS RAPUNZEL-SYNDROM. EGAL, ES IST EIN BEZOAR. AUFTRAG AUSGEFÜHRT.
EINFACH EKELHAFT. TROTZDEM DANKE. WAS SCHULDE ICH IHNEN, FELIX?
NICHTS. ES WÄRE SONST NUR EINGEÄSCHERT ODER FÜR DIE STUDENTEN IN EIN GLAS GESTECKT WORDEN. ERZÄHLEN SIE NUR NIEMANDEM, WOHER SIE ES HABEN. UND...
... ÄH, WÜRDEN SIE DAS FÜR MICH SIGNIEREN?
KLAR, KEIN PROBLEM.

THE CABARET OF DR. CALIGARI
For Felix Garrison with thanks; Richard Madoc
BY RICHARD MADOC
SO, BITTE.
GROSSARTIG! WISSEN SIE, ES IST WIRKLICH AUFREGEND FÜR MICH, EINEM MEINER HELDEN HELFEN ZU KÖNNEN. ICH MAG DIESES BUCH. ERSTAUNLICHER STOFF.
WOZU... ÄH... BRAUCHEN SIE DEN BEZOAR?
WIE SIE NEULICH BEREITS FRAGTEN-- WOHER BEKOMMEN SCHRIFTSTELLER IHRE VERRÜCKTEN IDEEN? NUN JA, AUCH ICH...
...STELLE NACHFOR-SCHUNGEN AN.
ICH HÖRTE, SIE SCHREIBEN AN EINER FORTSETZUNG VON 'CABARET' — BIN GESPANNT.
OH. TOLL!
DAS TELEFON KLINGELT. HÖREN SIE, NOCHMAL DANKE FÜR DAS DING.
KEINE URSACHE. ICH WEISS, WIE BESCHÄFTIGT SIE SIND. ICH FINDE DEN WEG ALLEIN. BIS BALD.
BREEP BREEP
HALLO? RICHARD MADOC HIER.
RICK? HIER IST HARRY. WIR MÜSSEN REDEN. DEINE VERLEGER WAREN HEUTE WIEDER BEI MIR.
OH. HI, HARRY!
DEIN ROMAN IST BEREITS NEUN MONATE ÜBERFÄLLIG, UND SIE DROHEN, ÄRGER ZU MACHEN. DU BEGEHST VERTRAGSBRUCH, RICK. IST ER JETZT FERTIG?
FAST FERTIG.
WIE LANGE WIRST DU NOCH BRAUCHEN?
ER IST FAST FERTIG, HARRY. MAN DARF DIESE DINGE NICHT ÜBEREILEN. VIELLEICHT NOCH EIN PAAR WOCHEN, OKAY? HÖR ZU, ICH BIN...
...BESCHÄFTIGT. ICH WERDE DICH ZURÜCKRUFEN. OKAY?
2

WIEVIEL DES ROMANS ICH GESCHRIEBEN HABE? GANZ EHRLICH?
NICHTS.
NICHT EIN WORT.
WER IST DA?
RICHARD MADOC. ICH MÖCHTE ZU ERASMUS FRY.
KOMME SOFORT.
BIST DU ALLEIN?
JA NUR ICH. ICH HABE ES.
NUN, DANN KOMM HEREIN, MEIN JUNGE!
ICH BIN NICHT FÜR BESUCH GEKLEIDET -- MACHT NICHTS. IN MEINEM ALTER GIBT MAN NICHT MEHR VIEL AUF SEIN ÄUSSERES. PAH!
STEH NICHT SO RUM. KOMM REIN!
3

WIE GEHT'S DIR, JUNGE? KÜRZLICH ETWAS TIEFGRÜNDIGES UND AUFREGENDES GESCHRIEBEN?
NEIN, UND DAS WISSEN SIE, MR. FRY.
WIR GEHEN IN MEIN ARBEITSZIMMER. DORT KANNST DU MIR MEIN GESCHENK ZEIGEN.
AH-- EIN VORWAND FÜR EINEN SHERRY.
NATÜRLICH BILLIGES ZEUG. ICH VERSCHWENDE MEINEN GUTEN STOFF NICHT AN EINEN KLEINEN SCHEISSER WIE DICH.
LASS MICH DIR ÜBER DIE BEZOARS ERZÄHLEN. DAS WORT KOMMT AUS DEM PERSISCHEN. PAD-ZAHR. ES BEDEUTET GEGENGIFT. MEISTENS GEFUNDEN IN DEN MÄGEN VON ZIEGEN UND GAZELLEN.
FRÜHER GLAUBTE MAN, SIE BESÄSSEN MAGISCHE KRÄFTE, WIRKTEN GEGEN GIFT, HEILTEN DIE KRANKEN. EDWARD IV ÜBERLEBTE DIE FOLGEN EINER INFIZIERTEN WUNDE EINZIG DANK DES BESITZES EINES BEZOARS.
KÖNIGIN ELIZABETH I HATTE EINEN SATZ BEZOARS AUS GOLD MIT DEM HORN EINES EINHORNS, EIN GESCHENK IHRES MAGIERS UND SPIONS JOHN DEE.
APOTHEKER LIEHEN DEM EINFACHEN VOLK BEZOARS, FÜR EINE WOCHE ODER EINE NACHT, ZU ERPRESSERISCHEN PREISEN...
KÖNNEN SIE NICHT STILL SEIN? ICH HABE SEIT EINEM JAHR KEIN WORT MEHR GESCHRIEBEN-- NICHTS, WAS ICH NICHT VERWORFEN HABE! WISSEN SIE, WIE DAS IST?...
NUR SIE UND EIN LEERES BLATT PAPIER.
WENN IHNEN ABSOLUT NICHTS EINFÄLLT, NICHT EIN GLAUBWÜRDIGER CHARAKTER, KEINE GESCHICHTE, DIE NICHT SCHON TAUSENDMAL ERZÄHLT WORDEN WÄRE...
4

* ZWIEBELGEWÄCHS

IHR NAME IST CALLIOPE.
CALLIOPE

WAS WOLLT IHR NUN VON MIR, ERASMUS? SOLL ICH NUN ZU EUREM VERGNÜGEN SPIELEN? WIRD DIESER MANN UNSER PUBLIKUM SEIN?
STEIGERE DICH IN NICHTS HINEIN, CALLIOPE!
DAS IST RICHARD MADOC. ER IST -- ODER ER HAT ZUMINDEST EINEN SEHR ERFOLGREICHEN ROMAN GESCHRIEBEN, UND FINDET SICH NUN AUSSER STANDE, NOCH ETWAS ANDERES ZU SCHREIBEN.
RICHARD, DIES IST CALLIOPE, DIE JÜNGSTE DER NEUN MUSEN. SIE WAR HOMERS MUSE, ALSO SOLLTE SIE GUT GENUG SEIN FÜR DICH. . . .
CALLIOPE, ICH GEBE DICH AN RICHARD WEITER. DU GEHÖRST NUN IHM!
ABER IHR SAGTET -- IHR VERSPRACHT MIR, MICH FREI ZU LASSEN, BEVOR IHR STERBT. IHR SAGTET, ICH KÖNNTE MEINE FREIHEIT HABEN...
VERTRAUE KEINEM PRINZEN, MEINE LIEBE!
ODER EINEM ALTERNDEN AUTOREN, DER NIE EIN STRAHLENDES BEISPIEL WAR, WENN ES UM VERSPRECHEN GING...
AUTOREN SIND LÜGNER, WIE DU NUN SICHERLICH ERKANNT HAST.
NIMM DAS WEIBSSTÜCK MIT, MADOC! ICH WILL KEINEN VON EUCH JE WIEDERSEHEN.
SOLLTEST DU JEDOCH JEMALS EINEN FUNKEN DANKBARKEIT VERSPÜREN, KÖNNTEST DU EINEN VERLEGER ÜBERZEUGEN, "HERE COMES A CANDLE" NEU AUFZULEGEN.
DARAUF WAR ICH BESONDERS STOLZ.

MADOC BRACHTE CALLIOPE IN SEIN HAUS UND SPERRTE SIE IN DEN OBERSTEN RAUM, DEN ER FÜR SIE VORBEREITET HATTE.
SEINE ERSTE TAT WAR, SIE AUF DEM MODRIGEN ALTEN FELDBETT ZU VERGEWALTIGEN.
SIE IST KEIN MENSCH, SAGTE ER ZU SICH SELBST. SIE IST TAUSENDE VON JAHREN ALT. IHR FLEISCH WAR WARM, IHR ATEM SÜSS, UND WENN ER IHR WEHTAT, SCHLUCKTE SIE DIE TRÄNEN HERUNTER WIE EIN KLEINES KIND.
FÜR EINEN MOMENT KAM ES IHM SO VOR, ALS KÖNNTE DER ALTE MANN IHN BETROGEN HABEN: DASS SIE EIN ECHTES MÄDCHEN WAR; DASS ER VIELLEICHT ETWAS KRIMINELLES GETAN HABEN KÖNNTE...
ABER HINTERHER, IN SEINEM ARBEITSZIMMER, VERÄNDERTE SICH ETWAS IN SEINEM KOPF.
ER SCHALTETE DEN COMPUTER EIN UND SCHRIEB ES NIEDER, BEVOR ES ENTFLOH.
KAPITEL DREI.
"UND EINIGE IN SAMTENER ROBE"
"Dein Gesicht," sagte er zu ihr. Was hast du mit deinem Gesicht gemacht?"
Marion zuckte mit den Achseln. "Ich wollte ausen so aussehen wie innen," sagte sie ohne das Messer zu senken.
ER HATTE SEIT DREI STUNDEN GESCHRIEBEN, ALS ER ERKANNTE, DASS ER SEINEN ZWEITEN ROMAN BEGONNEN HATTE.
8

GÜTIGE DAMEN, MUTTER DER CAMANAE, HÖRT MEIN GEBET!
MELETE, MNEME, AIODE, HÖRT MEIN FLEHEN!
ICH BIN ES, EURE TOCHTER CALLIOPE, DIE EUCH RUFT, WIE SIE EUCH SCHON TAUSENDMAL GERUFEN HAT.
ICH FLEHE EUCH AN, ERRETTET MICH VON DIESEM ORT UND DIESER ZEIT.
ZU WEM KANN ICH IN MEINEM KUMMER SPRECHEN? ICH, DIE ICH MIT ELEND BELADEN BIN. HERRINNEN ÜBER MEDITATION, ERINNERUNG UND DICHTUNG.
... ERHÖRT MICH!
NUN GUT. GENUG, SCHÖNE STIMME. WARUM RUFST DU UNS?
WIR SPÜREN DEINE PEIN, TOCHTER, ABER WIR KÖNNEN DIR NICHT HELFEN.
DU WURDEST AUF DEM HELICON GEMÄSS DER GEHEIMLEHRE GEBANNT. DU BIST RECHTMÄSSIG GEBUNDEN.
ES IST NICHT RECHT, MEINE MÜTTER. ICH KANN DIESE LAST NICHT LÄNGER TRAGEN. GIBT ES NICHTS, WAS IHR TUN KÖNNT? NIEMANDEN, DER SICH FÜR MICH VERWENDET?
ES GIBT NUR WENIGE DER ALTEN MÄCHTE, DIE WILLENS ODER FÄHIG WÄREN, SICH IN DIE ANGELEGENHEITEN DER STERBLICHEN ZU MISCHEN.
NUR DIE UFERLOSEN WERDEN NIEMALS STERBEN -- UND SELBST SIE HATTEN JÜNGST EINE SCHWERE ZEIT.
VIELE GÖTTER SIND GESTORBEN, WÄHREND DER BLICK AUF ANDERE GÖTTER FÜR IMMER VERLOREN IST.
DOCH JEDES BISSCHEN HILFT, WIE DIE ALTE FRAU SAGTE, DIE INS MEER PINKELTE.

DIE UFERLOSEN--DAS IST EINE IDEE. ZUMAL DER TRAUM-KÖNIG UND CALLIOPE SICH EINANDER VOR LANGER ZEIT NAHE WAREN. NICHT WAHR, KLEINES?
NICHT LANGE. UND ERINNERE DICH, SCHWESTER, SIE TRENNTEN SICH NICHT IM GUTEN.
ABER SIE GEBAR SEIN JUNGES.
DER KNABE, DER FÜR SEINE LIEBSTE IN DEN HADES STIEG UND IN THRAKIEN STARB, VON DEN SCHWESTERN DER RASEREI ZERRISSEN FÜR EIN SAKRILEG.
NICHT IHN!! NICHT NACHDEM, WAS ER MIR ANTAT. ER HASST MICH, UND ICH VERACHTE IHN. ICH WÜRDE SEINE HILFE NICHT ANNEHMEN.
NÄRRISCHES KIND! ONEIROS IST NICHT IN DER LAGE, DIR ZU HELFEN. SELBST WENN ER WOLLTE--UND DAS IST NOCH HARMLOS AUSGEDRÜCKT...
GENAU WIE DU WURDE DEIN EHEMALIGER BEWUNDERER VON STERBLICHEN GEFANGENEN.
UND WÄHREND DU EINGESPERRT BIST IN DEINEM TURM, IST ER EINGEMAUERT UNTER DER ERDE.
ES TUT MIR LEID, KLEINES. DEINE GEBETE WAREN UMSONST. WIR KÖNNEN NICHTS FÜR DICH TUN, UND ES BLEIBT DIR NICHTS, ALS ZU HOFFEN.
NEIN, BITTE KOMMT ZURÜCK! ES MUSS ETWAS GEBEN... ES MUSS JEMANDEN GEBEN, DER MICH BEFREIEN KANN...
BITTE SCHICKT JEMANDEN... IRGENDWEN...
SELBST ONEIROS.
10

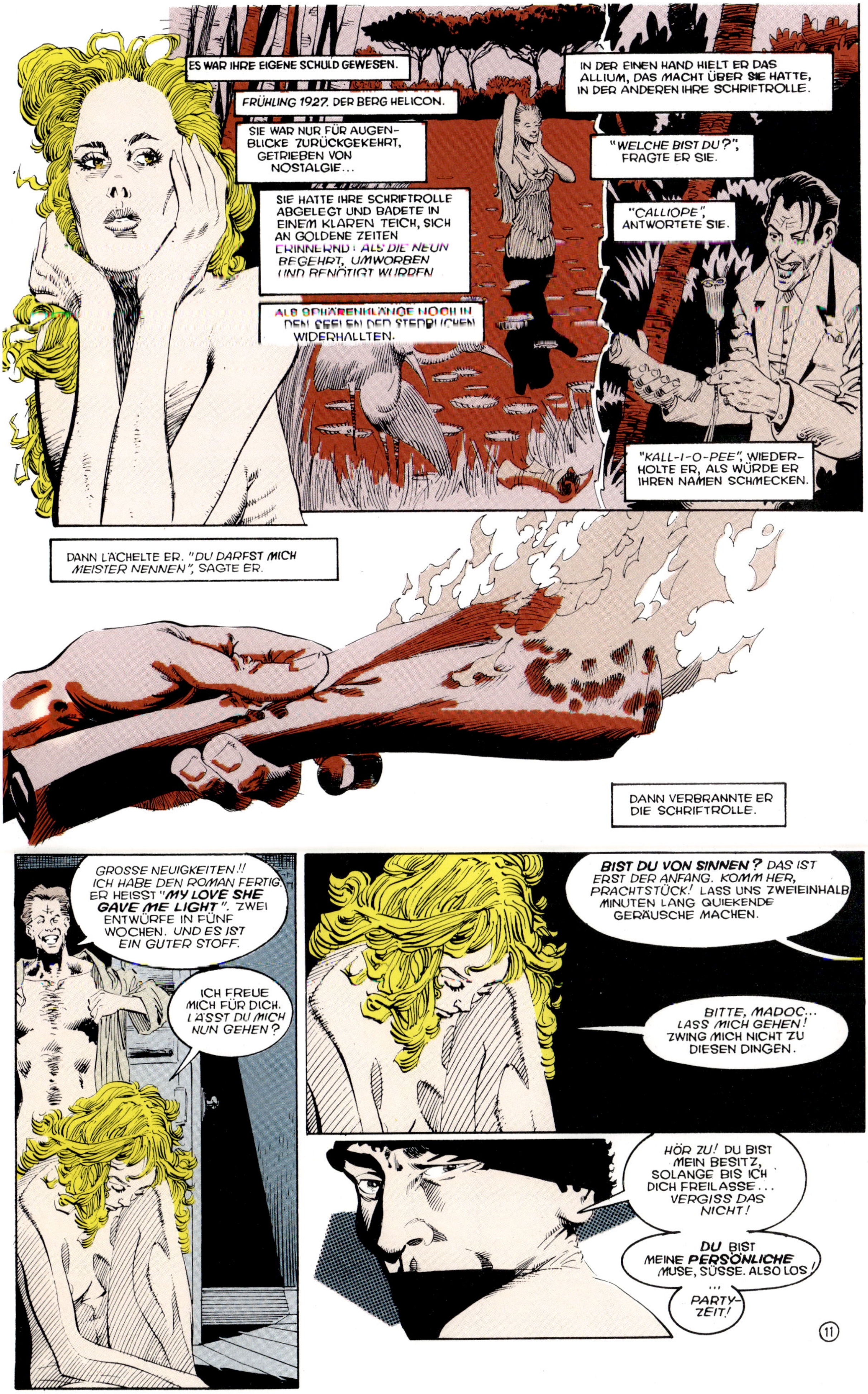
ES WAR IHRE EIGENE SCHULD GEWESEN.
FRÜHLING 1927. DER BERG HELICON.
SIE WAR NUR FÜR AUGENBLICKE ZURÜCKGEKEHRT, GETRIEBEN VON NOSTALGIE...
SIE HATTE IHRE SCHRIFTROLLE ABGELEGT UND BADETE IN EINEM KLAREN TEICH, SICH AN GOLDENE ZEITEN ERINNERND: ALS DIE NEUN BEGEHRT, UMWORBEN UND BENÖTIGT WURDEN
ALS SPHÄRENKLÄNGE NOCH IN DEN SEELEN DER STERBLICHEN WIDERHALLTEN.
IN DER EINEN HAND HIELT ER DAS ALLIUM, DAS MACHT ÜBER SIE HATTE, IN DER ANDEREN IHRE SCHRIFTROLLE.
"WELCHE BIST DU?", FRAGTE ER SIE.
"CALLIOPE", ANTWORTETE SIE.
"KALL-I-O-PEE", WIEDERHOLTE ER, ALS WÜRDE ER IHREN NAMEN SCHMECKEN.
DANN LÄCHELTE ER. "DU DARFST MICH MEISTER NENNEN", SAGTE ER.
DANN VERBRANNTE ER DIE SCHRIFTROLLE.
GROSSE NEUIGKEITEN!! ICH HABE DEN ROMAN FERTIG. ER HEISST "MY LOVE SHE GAVE ME LIGHT". ZWEI ENTWÜRFE IN FÜNF WOCHEN. UND ES IST EIN GUTER STOFF.
ICH FREUE MICH FÜR DICH. LÄSST DU MICH NUN GEHEN?
BIST DU VON SINNEN? DAS IST ERST DER ANFANG. KOMM HER, PRACHTSTÜCK! LASS UNS ZWEIEINHALB MINUTEN LANG QUIEKENDE GERÄUSCHE MACHEN.
BITTE, MADOC... LASS MICH GEHEN! ZWING MICH NICHT ZU DIESEN DINGEN.
HÖR ZU! DU BIST MEIN BESITZ, SOLANGE BIS ICH DICH FREILASSE... VERGISS DAS NICHT!
DU BIST MEINE PERSÖNLICHE MUSE, SÜSSE. ALSO LOS! ... PARTY-ZEIT!
11

MAI 1987.
ICH SEHE KEINE MÖGLICHKEIT FÜR EINEN TRIVIALROMAN, FÜR DEN BOOKER-PREIS NOMINIERT ZU WERDEN.
IM LICHT VON MADOCS LETZTEM WERK HABE ICH DAS GEFÜHL, DASS ER DAS GENRE TRANSZENDIERT. ES SCHEINT VON EINEM ANDEREN MANN GESCHRIEBEN.
EIN HERRLICHES BUCH. SEHR BEMERKENSWERT! DIESE REINE FÜLLE DES STOFFES...
"...AND MY LOVE GAVE ME"
BY RIC MADOC
ICH MAG IHRE CHARAKTERISIERUNG VON AILEEN. ES GIBT NICHT GENUG STARKE FRAUEN IN DER LITERATUR.
ICH NEIGE DAZU, MICH ALS FEMINISTISCHEN AUTOR ZU BETRACHTEN.
SAGEN SIE, WOHER NEHMEN SIE IHRE IDEEN?
JUNI 1987.
DIE EINZIGE BEDINGUNG, UNTER DER ICH BEREIT WÄRE, AUS "... AND MY LOVE" EIN DREHBUCH ZU MACHEN IST, WENN ICH DIE REGIE FÜHRE.
IN EINFACHEN WORTEN, RIC: UNMÖGLICH!!
MÄRZ 1988.
ES HEISST, MAN KÖNNE SIE ALS DEN GRÖSSTEN POETEN SEIT BYRON BETRACHTEN...
DAS ÜBERRASCHT MICH. FÜR MICH WAR "THE SPIRIT WHO HAD HALF OF EVERYTHING" EINE FINGERÜBUNG ZWISCHEN ZWEI BÜCHERN ...
ICH WAR ERSTAUNT, DASS MEIN VERLEGER BEREIT WAR, ES ZU NEHMEN.
OKTOBER 1988.
DAS HAT NICHTS MIT DIR ZU TUN, HARRY. DIE WILLIAM MORRIS AGENTUR VERFÜGT ÜBER KONTAKTE, DIE DU NICHT HAST. SIE KANN MEINE INTERESSEN BESSER VERTRETEN.
DIR BLEIBEN IMMER NOCH DIE ERSTEN DREI ROMANE UND DIE GEDICHTSAMMLUNG...
KOMM MIR NICHT SO, HARRY!
12

FEBRUAR 1989.
ICH DANKE IHNEN ALLEN VIELMALS. WISSEN SIE, ALS ICH MEINEM AGENTEN SAGTE, ICH WÜRDE EIN THEATERSTÜCK SCHREIBEN, MEINTE ER, ICH SEI VERRÜCKT.
SO KAM ICH ZU EINEM NEUEN AGENTEN. HA HA HA.
APRIL 1989.
WIR HABEN ÜBER IHR ANGEBOT, EIN DREHBUCH ZU SCHREIBEN, WENN WIR SIE REGIE FÜHREN LASSEN, ERNSTHAFT NACHGEDACHT. ICH FREUE MICH IHNEN MITTEILEN ZU KÖNNEN, DASS ...
ZU SPÄT, HARVEY. ICH HABE EINEN VERTRAG ÜBER DREI FILME IN DEN U.S.A. NAJA... TROTZDEM DANKE.
MAI 1989.
RIC MADOC KAUFT EIN NEUES HAUS IN CHELSEA. ER IST MIT DEN VORBEREITUNGEN FÜR SEINEN FILM BESCHÄFTIGT, UND DER UMZUG WIRD FÜR IHN ERLEDIGT.
SEINEN WERTVOLLSTEN BESITZ BRINGT ER JEDOCH SELBST IN EINER FRÜHLINGSNACHT.
SEPTEMBER 1989.
NEIN, ICH MAG HOLLYWOOD SCHON, ABER ICH FREUE MICH, NACH HAUSE ZU KOMMEN. ZWEI MONATE LANG FORT SIND MIR GENUG.
...FALLS SIE JETZT ERST ZUSCHALTEN: ICH SPRECHE MIT RIC MADOC, AUTOR, POET UND KÜNFTIGEM REGISSEUR, ÜBER SEINEN NEUEN ROMAN "EAGLE STONES"...
OKTOBER 1989.
VID KING
TRAILERS
FISHER
... AUTOR DES BESTSELLERS "EAGLE STONES" SPRACH MIT UNS ÜBER SEINEN AUSSERGEWÖHNLICHEN FILM "... AND THE MADNESS OF CROWDS". WIR WERDEN EXKLUSIV EINIGE AUSSCHNITTE ZEIGEN...
...GLEICH NACH DER WERBUNG...
MÄRZ 1990.
RIC MADOC'S "... AND THE MADNESS OF CROWDS"
NOMINIERT FÜR 3 OSKARS:
• BESTES DREHBUCH
• BESTER REGISSEUR
• BESTER FILM
13

OH! DU BIST'S.
SIE... SIE SAGTEN, DASS DU GEFANGEN WORDEN SEIST... WIE ICH.
Sie sprachen die Wahrheit. Ich war gefangen. Aber nun bin ich frei.
DANN, BEI DER LIEBE, DIE ICH FÜR EUCH EMPFAND, UND WAS IMMER DU FÜR MICH FÜHLTEST...
... BITTE ICH DICH, IHN ZU ZWINGEN, MICH GEHEN ZU LASSEN...
the booknook
BBC
OBWOHL MAN SIE MIT DEM VIELSEITIGEN JEAN COCTEAU UND, ZU EINEM GERINGEREN TEIL, MIT CLIVE BARKER, EINEM WEITEREN AUTOR-REGISSEUR, VERGLICHEN HAT...
... SCHEINT ES MIR, DASS SIE AM MEISTEN DEM SELIGEN ERASMUS FRY GLEICHEN...
ENTSCHULDIGUNG... SIE SAGTEN "SELIGEN." IST ER TOT?
SEIT LETZTEM SOMMER. KANNTEN SIE IHN?
ICH KANNTE IHN NICHT... WIR TRAFEN UNS BEI VERANSTALTUNGEN. ER WAR AN MEINER ARBEIT INTERESSIERT...
NUN, GENAU WIE SIE, WAR FRY VOR ALLEM EIN SCHÖPFER VON GROSSEN, TIEFROMANTISCHEN EPEN...
14

ICH GLAUBE, DAS LIEF SEHR GUT. ES WIRD IM JUNI GESENDET. DEN GENAUEN TERMIN LASSEN WIR SIE NOCH WISSEN.
DANKE. ICH VERMUTE, FRY STARB, WÄHREND ICH IN DEN U.S.A. DREHTE. VERMUTLICH DAS ALTER, ER WAR FAST NEUNZIG.
OH NEIN. ER VERGIFTETE SICH.
ES IST SCHON KOMISCH. DAS LETZTE, WAS ER TAT, WAR EINEN BRIEF AN SEINEN VERLEGER ZU SCHREIBEN, MIT DER BITTE, EINS SEINER BÜCHER NEU AUFZULEGEN.
"HERE COMES THE CANDLE", VERMUTE ICH.
RICHTIG. WIE KOMMEN SIE DARAUF?
ES IST EIN GUTES BUCH. VIELLEICHT MEIN LIEBSTES. SEHR BEWEGEND UND EHRLICH UND SELTSAM.
ARMER KERL.
15

WAS TUN SIE IN MEINEM HAUS? WER HAT SIE HEREINGELASSEN?
Niemand ließ mich ein, Richard Madoc.
ICH WEISS NICHT, WER SIE SIND, ABER ICH WILL, DASS SIE VERSCHWINDEN, ODER ICH RUFE DIE POLIZEI!!
Schweig still!
Du hältst eine Frau gefangen, Richard Madoc. Hältst sie gegen ihren Willen hier fest. Ich bin gekommen...
...dich zu ersuchen, sie freizulassen.
16

SIND SIE VON SINNEN? HIER GIBT ES KEINE FRAU. VERSCHWINDEN SIE!! WISSEN SIE, WER ICH BIN? ES GIBT GESETZE GEGEN LEUTE WIE SIE!
WERDEN SIE DIE POLIZEI RUFEN? IST ES DAS?
Nein. Ich werde keine menschlichen Vermittler herbeirufen.
Laß sie einfach gehen.
SIE VERSTEHEN NICHT -- ICH BRAUCHE SIE. OHNE SIE BIN ICH NICHT IN DER LAGE ZU SCHREIBEN. ICH HÄTTE KEINE IDEEN. ICH KANN SIE...
...NOCH NICHT FREILASSEN. VIELLEICHT IN EINEM JAHR.
ICH HABE GELD -- ENORM VIEL GELD -- UND...
Hüte deine Zunge.
Sie wird seit über 60 Jahren gefangen gehalten. Erniedrigt, mißbraucht und verletzt.
Ich...weiß, wie sie sich fühlt.
Und du willst sie nicht freilassen, weil du 'Ideen brauchst'?
Du widerst mich an, Richard Madoc.
Du willst Ideen? Du willst Träume? Du willst Geschichten?
Dann sollst du Ideen haben? ...Ideen im Überfluß...
17

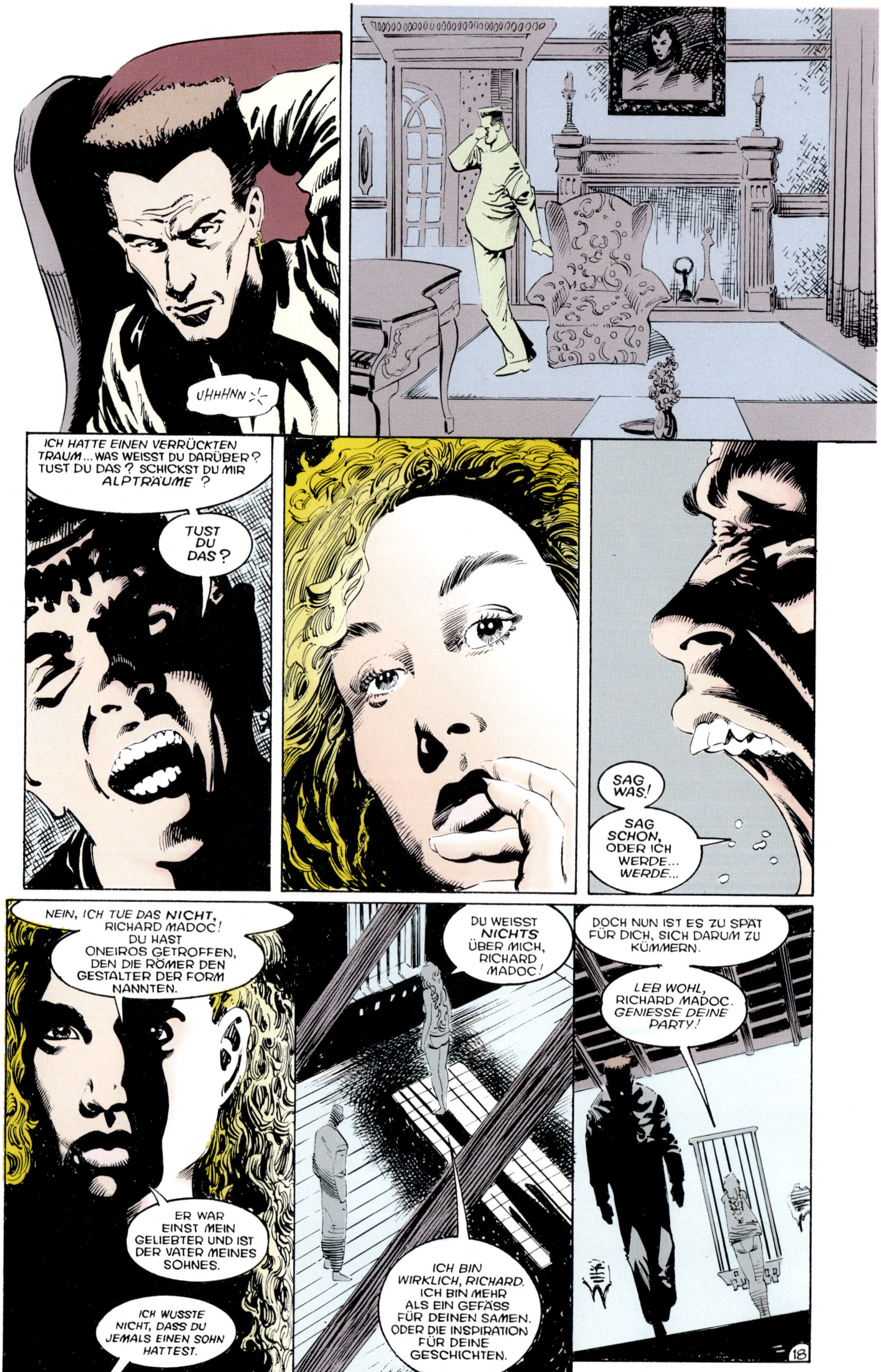
UHHHNN!
ICH HATTE EINEN VERRÜCKTEN TRAUM ... WAS WEISST DU DARÜBER? TUST DU DAS? SCHICKST DU MIR ALPTRÄUME?
TUST DU DAS?
SAG WAS!
SAG SCHON, ODER ICH WERDE... WERDE...
NEIN, ICH TUE DAS NICHT, RICHARD MADOC! DU HAST ONEIROS GETROFFEN, DEN DIE RÖMER DEN GESTALTER DER FORM NANNTEN.
ER WAR EINST MEIN GELIEBTER UND IST DER VATER MEINES SOHNES.
ICH WUSSTE NICHT, DASS DU JEMALS EINEN SOHN HATTEST.
DU WEISST NICHTS ÜBER MICH, RICHARD MADOC!
ICH BIN WIRKLICH, RICHARD. ICH BIN MEHR ALS EIN GEFÄSS FÜR DEINEN SAMEN. ODER DIE INSPIRATION FÜR DEINE GESCHICHTEN.
DOCH NUN IST ES ZU SPÄT FÜR DICH, SICH DARUM ZU KÜMMERN.
LEB WOHL, RICHARD MADOC. GENIESSE DEINE PARTY!
18

EINEN SPIEGELFOKUS UND DIE ALLGEMEINE, BITTE!
SOFORT. HAB SIE NEULICH ABENDS IM FERNSEHEN GESEHEN. ICH SAGTE ZU MEINER FRAU: "DER KAUFT SEINE ZEITUNGEN BEI MIR". "NIEMALS", SAGT SIE. "ABER SICHER", SAG ICH. SECHS DREISSIG, BITTE.
ICH GEHE ZU EINER PARTY...
WISSEN SIE, ICH KÖNNTE EINE GANZE GESCHICHTE ÜBER EINE PARTY SCHREIBEN. ALLES FEIERT-- WÄHRENDDESSEN KÖNNTE IRGENDETWAS MIT DER WELT DRAUSSEN PASSIEREN-- IRGENDEIN HOLOCAUST.
DIESE LEUTE FEIERN GEGEN DIE FINSTERNIS.
HALLO! MISTER MADOC! SIE SCHULDEN MIR SECHS MARK DREISSIG!
DIE BRUDERSCHAFT DER KRITIKER. DUNKLE BRÜDER, VERBUNDEN DURCH GOTTLOSE RITEN UND BLUTIGEN SCHWUR. UM EINEN AUTOREN ZU VERNICHTEN, OPFERN SIE EIN KIND UND HALTEN EINE KRITIKERMESSE.
EINE STADT, IN DER DIE STRASSEN MIT ZEIT GEPFLASTERT SIND.
EIN ZUG VOLL SCHWEIGENDER FRAUEN, DER AUF EWIG DAS ZWIELICHT DURCHPFLÜGT.
KÖPFE AUS LICHT. EIN KLEINES STÜCK BLAUE PAPPE. EIN PUDDING, SÜSS UND HERB UND KALT. EIN WERGOLDFISCH, DER SICH BEI VOLLMOND IN EINEN WOLF VERWANDELT.
ZWEI ALTE FRAUEN, DIE EIN WIESEL IN DEN URLAUB MITNEHMEN.
GREIFEN SOLLTEN NICHT HEIRATEN. VAMPIRE TANZEN NICHT.
EIN MANN, DER EINE BÜCHEREIKARTE FÜR DIE BÜCHEREI VON ALEXANDRIA ERBT.
EIN ROSENBUSCH, EINE NACHTIGALL UND EIN SCHWARZES HUNDEHALSBAND AUS GUMMI.
19

* VERSMASS
** GRIECH. STADT

ALL DIE IDEEN IN MIR... DIE BILDER, GEDICHTE UND GESCHICHTEN, LIEDER, STÜCKE UND REDEN, FRAGMENTE... SIE KOMMEN ALLE HERAUS. DU MUSST MIR HELFEN!
ICH WERDE IHNEN EIN BERUHIGUNGS-MITTEL GEBEN UND IHRE FINGER VERBINDEN.
NEIN! ES TUT MIR LEID NICHTS DAVON!
DAS IST IHRE RACHE. ODER SEINE. ICH SAGTE, ICH BRÄUCHTE DIE IDEEN-- ABER SIE KOMMEN ZU SCHNELL, ÜBERFLUTEN MICH, ÜBERWÄLTIGEN MICH...
DU MUSST SIE STOPPEN.
HIER, DAS WIRD IHRE NERVEN BERUHIGEN...
ICH SAGTE DOCH NEIN!
GEH ZU MEINEM HAUS! DIE SCHLÜSSEL SIND IN MEINER TASCHE -- HOL DU SIE HERAUS. ICH GLAUBE NICHT, DASS ICH MEINE HÄNDE NOCH GEBRAUCHEN KANN.
GEH HINAUF! GANZ OBEN IST EIN RAUM. DARIN IST EINE FRAU.
LASS SIE HERAUS! SIE IST EINGESPERRT, VERSTEHST DU?
SAG IHR, SIE KANN GEHEN. ICH LASSE SIE FREI. SCHICK SIE FORT!
ICH HABE DIR DOCH MAL EIN BUCH SIGNIERT, ODER?
O GOTT. BITTE!
IN ORDNUNG. BLEIBEN SIE HIER! ICH BIN BALD ZURÜCK.
SAG IHR, ES TUT MIR LEID...
MAGISCHE UND ALCHEMISTISCHE TRADITIONEN, GESEHEN ALS EIN KULT; AUREOLUS THEOPHRAST BOMBAST PARACELSUS UND RAIMUNDUS LULLUS WAREN DERSELBE MANN.
21

ÄH... HALLO?
IST JEMAND HIER? ER SAGT-- RIC...ÄH... SAGT, ES STEHT IHNEN FREI ZU GEHEN. HALLO?
HERE COMES A CANDLE VON ERASMUS FRY
SIE WAR SEINE MUSE- UND DIE SKLAVIN SEINER LUST
22

ES IST ALSO VORBEI. *DANKE!*
Was wirst du nun tun, Calliope?
ICH WEISS NICHT. ICH BEZWEIFLE, DASS ICH IN DAS BEWUSSTSEIN DER MENSCHEN ZURÜCKKEHRE. MEINE ZEIT IST UM, UND DIESES ZEITALTER IST NICHT DAS MEINE.
DU HAST DICH *VERÄNDERT*, ONEIROS. IN DEN ALTEN TAGEN HATTEST DU MICH VERROTTEN LASSEN, OHNE EINEN FINGER ZU RÜHREN.
HASST DU MICH NOCH IMMER, FÜR DAS, WAS ICH TAT?
Nein, ich hasse dich nicht länger. Ich habe in jüngster Zeit viel gelernt, und...
Nein, ich hasse dich nicht, Kind.
ICH GLAUBE, DU SOLLTEST DEN STERBLICHEN NUN ERLÖSEN. *ER LIESS MICH FREI...*
Wenn du es wünschst, geschieht es.
VIELLEICHT ...
... KÖNNTE ICH DICH IN DEINEM TRAUMREICH BESUCHEN? ES WÄRE SCHÖN, DICH WIEDERZUSEHEN. *WAS MEINST DU?...*
Ich glaube, das wäre keine gute Idee, Calliope.
NEIN. VIELLEICHT NICHT.
DENNOCH DANKE, ONEIROS. ICH WERDE ES NICHT VERGESSEN ...
LEB WOHL, ONEIROS. *MÖGE DAS GLÜCK MIT DIR SEIN.*
Auf Wiedersehen, Calliope.
23

ICH HAB'S GETAN, RIC... ÄHM... WIE FÜHLEN SIE SICH JETZT?
ICH WEISS... NICHT MEHR... ICH VERSUCHE NACH... ZUDENKEN... ETWAS... DASS SIE SAGTE...
"GESTALTER DER FORM"... ES SCHEINT ETWAS ZU BEDEUTEN...
ES WAR NIEMAND DA IN DEM RAUM. NUR EIN BUCH.
ICH WEISS NICHT... ES PASST ZU NICHTS... EIN NAME... ICH...
...WÜNSCHTE... ICH KÖNNTE MICH ...ERINNERN...
ES IST... SO SCHWER ZU... DENKEN...
MORPHEUS? ... ORPHEUS? EINER DAVON...
SIE KÖNNEN ES INS KRANKENHAUS MITNEHMEN, RICHARD.
SIE IST FORT... UND MIT IHR ALLES ANDERE... ALLES... ALL DIE TRÄUME...
ICH KANN...
... MICH NICHT ERINNERN...
ES IST WEG...
ICH HABE KEINE IDEE MEHR...
KEINE EINZIGE...

A · DREAM
OF
· A ·
THOUSAND
CATS ·

KOMM, LIEBLING. KOMM INS BETT!
UND LASS DIE KÜCHENTÜR OFFEN, DAMIT DAS KÄTZCHEN AUFS KATZENKLO KANN.
JA, SCHATZ.
OH, BEEIL DICH, DON. WENN DU NICHT BALD RAUF KOMMST, BIN ICH NICHT MEHR IN STIMMUNG.
JA, SCHATZ.
'NACHT, KÄTZCHEN.
SSS! ES IST HEUT' NACHT.
WAS?
SIE IST HIER. KOMMST DU? ES WIRD SICHER LUSTIG.
ICH WEISS NICHT, WIE ICH HIER RAUSKOMMEN SOLL. ICH KANN DURCH KEINE DER WAND-ÖFFNUNGEN.

DORT OBEN IST EIN LICHTLOCH ETWAS GEÖFFNET. DORT KANNST DU HINAUS.
STRECK DIE PFOTEN, KLEINER. WIR DÜRFEN DAS NICHT VERPASSEN.
KANNST DU IHN NICHT WITTERN, KIND? DEN DUFT DER NACHT?
SCHNELL. SCHNELL.
WARTE AUF MICH! BITTE, WARTE AUF MICH!
2

WIE WIRD DIE SEIN?
WER WEISS? ICH JEDENFALLS NICHT.
SCHÖN, DASS WIR UNS TREFFEN, NACHTSCHWÄRMER ...
HALLO. WIR WOLLEN SIE SEHEN.
ICH AUCH, OBWOHL ICH KEINEN SINN DARIN SEHE.
VIELLEICHT AUS NEUGIER.
WARUM BIST DU DANN HIER?
ICH WILL WISSEN, WAS SIE ZU SAGEN HAT.
3

DAS WOLLEN WIR ALLE, KIND. DAS WOLLEN WIR ALLE...
A DREAM OF A THOUSAND CATS

SCHWESTERN, BRÜDER, GUTE JAGD!...
DANKE, DASS IHR GEKOMMEN SEID, MIR ZUZUHÖREN; FÜR EURE BEREITSCHAFT, MEINER BOTSCHAFT ZU LAUSCHEN.
UND ICH HOFFE, DANACH WERDEN EINIGE VON EUCH MEINEN TRAUM TEILEN.

ICH WAR NICHT IMMER SO, WIE IHR MICH HEUTE SEHT.
EINST, VOR LANGER ZEIT, WAR ICH, WIE VIELE VON EUCH, IN DER SKLAVEREI DER MENSCHEN, LEBTE IN IHRER WELT: SPIELZEUG, BESITZ UND TAND.
UND ICH REDETE MIR EIN, WIE DAS VIELLEICHT VIELE VON EUCH TUN, DASS ICH MEIN LEBEN SELBST BESTIMMEN WÜRDE.
SIE NÄHRTEN MICH--ODER? SIE GABEN MIR WÄRME UND ZUNEIGUNG.
UND WAS GAB ICH IHNEN? ETWAS ZUTRAUEN VIELLEICHT. MEINE GEGENWART.
WENIG GENUG FÜR DAS, WAS SIE BOTEN.
ER WAR EIN STREUNER.
ZERFETZTES OHR.
DUNKLE AUGEN.
ES WAR MEINE ZEIT DER LIEBE -- UND IHN HATTE MEINE WAHL GETROFFEN...
7

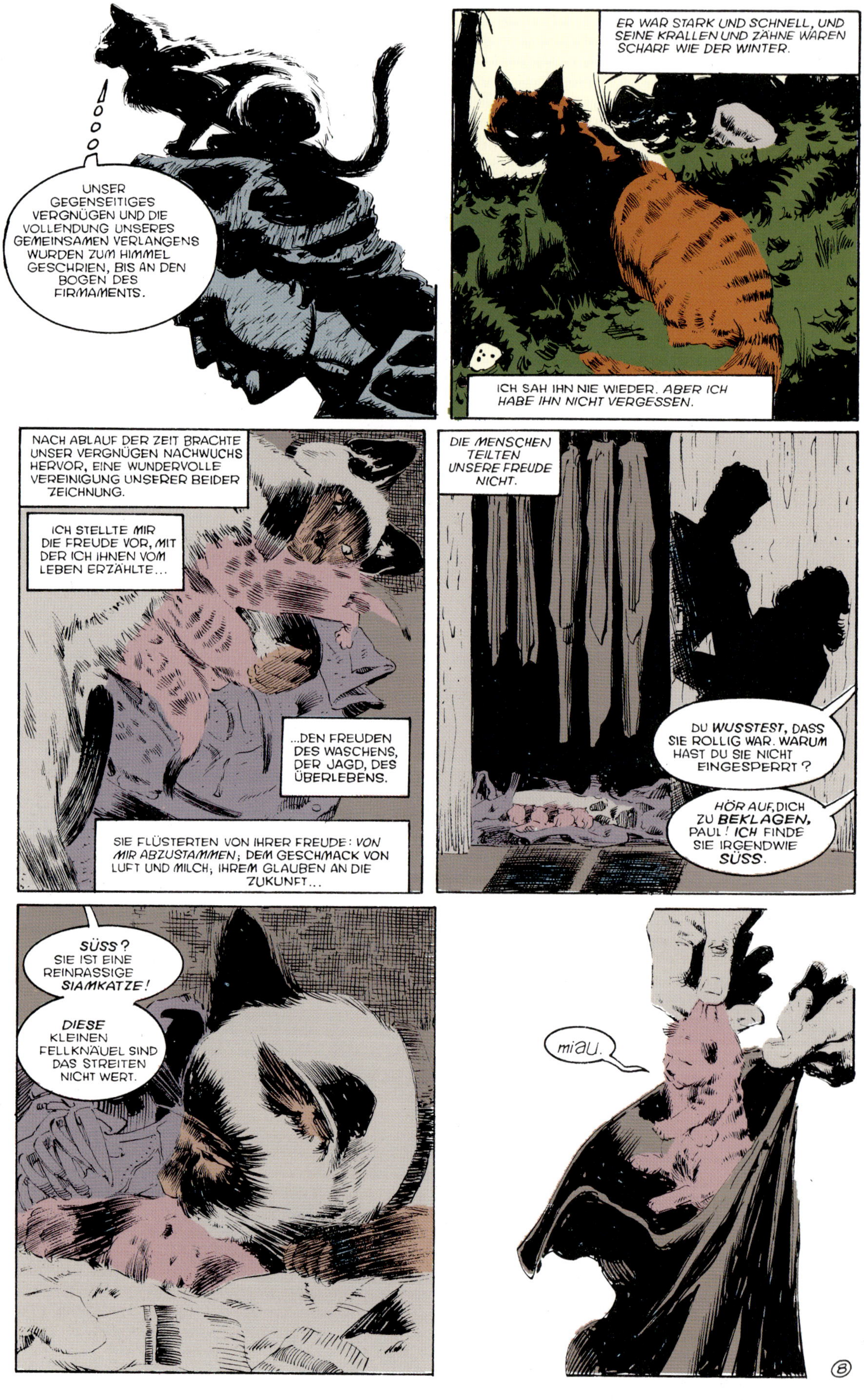
UNSER GEGENSEITIGES VERGNÜGEN UND DIE VOLLENDUNG UNSERES GEMEINSAMEN VERLANGENS WURDEN ZUM HIMMEL GESCHRIEN, BIS AN DEN BOGEN DES FIRMAMENTS.
ER WAR STARK UND SCHNELL, UND SEINE KRALLEN UND ZÄHNE WAREN SCHARF WIE DER WINTER.
ICH SAH IHN NIE WIEDER. ABER ICH HABE IHN NICHT VERGESSEN.
NACH ABLAUF DER ZEIT BRACHTE UNSER VERGNÜGEN NACHWUCHS HERVOR, EINE WUNDERVOLLE VEREINIGUNG UNSERER BEIDER ZEICHNUNG.
ICH STELLTE MIR DIE FREUDE VOR, MIT DER ICH IHNEN VOM LEBEN ERZÄHLTE...
...DEN FREUDEN DES WASCHENS, DER JAGD, DES ÜBERLEBENS.
SIE FLÜSTERTEN VON IHRER FREUDE: VON MIR ABZUSTAMMEN; DEM GESCHMACK VON LUFT UND MILCH; IHREM GLAUBEN AN DIE ZUKUNFT...
DIE MENSCHEN TEILTEN UNSERE FREUDE NICHT.
DU WUSSTEST, DASS SIE ROLLIG WAR. WARUM HAST DU SIE NICHT EINGESPERRT?
HÖR AUF, DICH ZU BEKLAGEN, PAUL! ICH FINDE SIE IRGENDWIE SÜSS.
SÜSS? SIE IST EINE REINRASSIGE SIAMKATZE!
DIESE KLEINEN FELLKNÄUEL SIND DAS STREITEN NICHT WERT.
miau.
8

AUS DER FERNE FÜHLTE ICH SIE IN DER DUNKELHEIT, ALS DAS KALTE WASSER SIE UMFING.
FÜHLTE SIE BLIND UM SICH KRATZEN UND SCHLAGEN; SPÜRTE, WIE SIE IN FURCHT UND PANIK NACH MIR RIEFEN.
DANN WAREN SIE FORT.
DA WUSSTE ICH, DASS ICH MIR ETWAS VORGEMACHT HATTE. WIR WAREN UNTERGEBENE. SOLANGE WIR MIT DEN MENSCHEN LEBTEN, WAREN WIR NICHT FREI.
UND ICH BETETE.
UM HIMMELS WILLEN, MARION! ES IST DOCH NICHT SO, DASS SIE DAS VERSTEHT. SCHAU SIE DIR AN -- SIE IST WAHRSCHEINLICH ERLEICHTERT.
SIE IST PRAKTISCH SELBST NOCH EIN KÄTZCHEN. SIE HÄTTE SICH VERAUSGABT.
ICH BIN SICHER, DU HAST RECHT, PAUL. ABER ICH HABE LEICHTE SCHULDGEFÜHLE...

ICH BETETE ZUR DUNKELHEIT, ZUR NACHT, ZU DEN AASFRESSERN.
ICH BETETE ZUR KÖNIGIN DER KATZEN, IHREM BOTEN AUF ERDEN. ER, DER UNTER UNS WANDELT, UND DEN WIR NICHT ERKENNEN.
ICH BETETE...
...UND TRÄUMTE.
WARUM WAGST DU DICH INS HERZ DER TRÄUME, KLEINE KATZE?
ES GIBT HIER NICHTS FÜR DICH.
ICH KOMME WEGEN GERECHTIGKEIT. ICH KOMME WEGEN DER ERKENNTNIS UND DER WEISHEIT.
10

DER VOGEL FLOG TIEFER, KAM ABER NICHT IN MEINE REICHWEITE.
"GERECHTIGKEIT", WIEDERHOLTE ER, "GERECHTIGKEIT IST EINE TÄUSCHUNG, DIE DU WEDER IN DIESER NOCH IN EINER ANDEREN SPHÄRE FINDEST."...
"UND WEISHEIT? WEISHEIT IST NICHT TEIL DER TRÄUME, OBWOHL TRÄUME EIN TEIL DER SUMME ALLER LEBENSERFAHRUNGEN SIND. DIES IST DIE EINZIGE WEISHEIT."
ABER ERKENNTNIS?
DAS IST SACHE DER TRÄUME.
SIE KANN DIR SEIN, ABER NUR WENN DEIN HERZ STARK GENUG IST.
SIEHST DU JENEN BERG? DORT GIBT ES EINE HÖHLE, UND IN DER LEBT DIE KATZE DER TRÄUME, HERRSCHERIN ÜBER DIESE SCHLAFENDE WELT.
SUCHE SIE AUF! ABER VORSICHT! DER WEG DORTHIN IST HART, UND EINER KLEINEN KATZE KANN VIEL GESCHEHEN.
FÜR MICH SIND ALLE ORTE GLEICH. ICH WERDE DIE HÖHLE FINDEN -- UND MEINE ANTWORTEN.
ICH HABE KEINE ANGST.
DANN LEBE WOHL, TOCHTER!
SO VERLIESS ICH DIE WÜSTE DER KNOCHEN UND TRAT DIE LANGE REISE ZUM HEIM DER KATZE DER TRÄUME AN.
11

ICH GING DURCH DEN GEISTERWALD, WO DIE TOTEN UND VERLORENEN UNABLÄSSIG FLÜSTERN UND MIR WELTEN VERSPRACHEN, WENN ICH NUR ANHIELTE, UM MIT IHNEN ZU SPIELEN.
ICH VERSCHLOSS MEINE OHREN GEGEN IHR DRÄNGEN.
EINMAL DACHTE ICH SOGAR, ICH HÖRTE MEINE KINDER RUFEN. ABER ICH RICHTETE MEINEN SCHWANZ AUF UND GING VORAN.
ICH DURCHQUERTE DIE KALTEN GEGENDEN, HART UND GEFROREN, WO JEDER SCHRITT EINE QUAL WAR, JEDE BEWEGUNG FOLTER.
ICH GING WEITER.
ICH DURCHWATETE DIE FEUCHTIGKEIT, DIE, MEINE PFOTEN TAUB MACHEND, MEIN FELL DURCHNÄSSEND, VERSUCHTE, MEINE ERINNERUNGEN FORTZUSPÜLEN.
ICH SCHRITT DURCH DIE DUNKELHEIT, DIE LEERE, DIE ALLES VERSCHLANG –– ALLES, WAS MICH ZU DEM MACHT, WAS ICH BIN.
ABER SELBST IN DER LEERE ABSOLUTEN NICHTS, ALS ICH NICHT LÄNGER WUSSTE, WARUM ICH GING ODER WAS ICH SUCHTE, SCHRITT ICH VORWÄRTS.
NACH EINER WEILE KEHRTE MEIN SELBST ZURÜCK, UND ICH VERLIESS DEN ORT UND BEFAND MICH AM BERG DER KATZE DER TRÄUME.
12

ICH SAH DIE HÖHLE UND IHRE WÄCHTER. ICH SAGTE ZU IHNEN: "ICH BIN GEKOMMEN, UM MIT DER KATZE DER TRÄUME ZU REDEN."
WARUM SOLLTEN WIR DICH DURCHLASSEN, KLEINES?
NICHT MAL EIN MUNDVOLL, UND DAS MEISTE FELL UND KNOCHEN.
WARUM SOLLTE DER HERR DER TRÄUME VON EINER WIE DIR GESTÖRT WERDEN?
NUN? ANTWORTE UNS!
DER HERR DER TRÄUME WIRD NICHT ERFREUT SEIN, WENN WIR DIR ERLAUBEN, IHN OHNE GUTEN GRUND ZU BELÄSTIGEN.
ICH BIN ZU WEIT GEGANGEN, UM NUN ABGEWIESEN ZU WERDEN, GREIF.
ICH WERDE MEINEN FALL NUR DEM HERRN DER TRÄUME DARLEGEN.
ICH BIN EINE KATZE UND BEHALTE MEINE GEDANKEN FÜR MICH.
DANN TRITT EIN, KÄTZCHEN!
ABER SEI GEWARNT: TRÄUME HABEN IHREN PREIS.
UND ICH GING WEITER.
13

DIE LUFT ROCH SELTSAM, ABER NACH KATZE.
ICH GING LANGSAM VORAN. ALLE SINNE SCHRIEN MIR ZU, VON DIESEM ORT ZU FLÜCHTEN. MEIN FELL STRÄUBTE SICH, MEINE KRALLEN SPRANGEN HERVOR.
DANN STAND ICH VOR IHM.
HIER BIN ICH.
Und wer bist du wohl?
EINE KATZE. WANDERIN IN DER NACHT. EINE TOTE KRÄHE SCHICKTE MICH, ERKENNTNIS ZU ERLANGEN.
ICH HOFFTE, DAS KLÄNGE ÜBERZEUGEND. ICH WAR VERÄNGSTIGT.
Komm mit mir, kleine Schwester, und erzähl mir, warum du mich aufgesucht hast.
ICH... ICH WILL VERSTEHEN.
WARUM KONNTEN SIE MIR MEINE KINDER NEHMEN? WARUM LEBEN WIR SO? ICH VERSTEHE ES NICHT...
Es heißt, eine Katze darf einen König ansehen.
Also sieh mir in die Augen, kleine Schwester.
Sieh mir in die Augen!
14

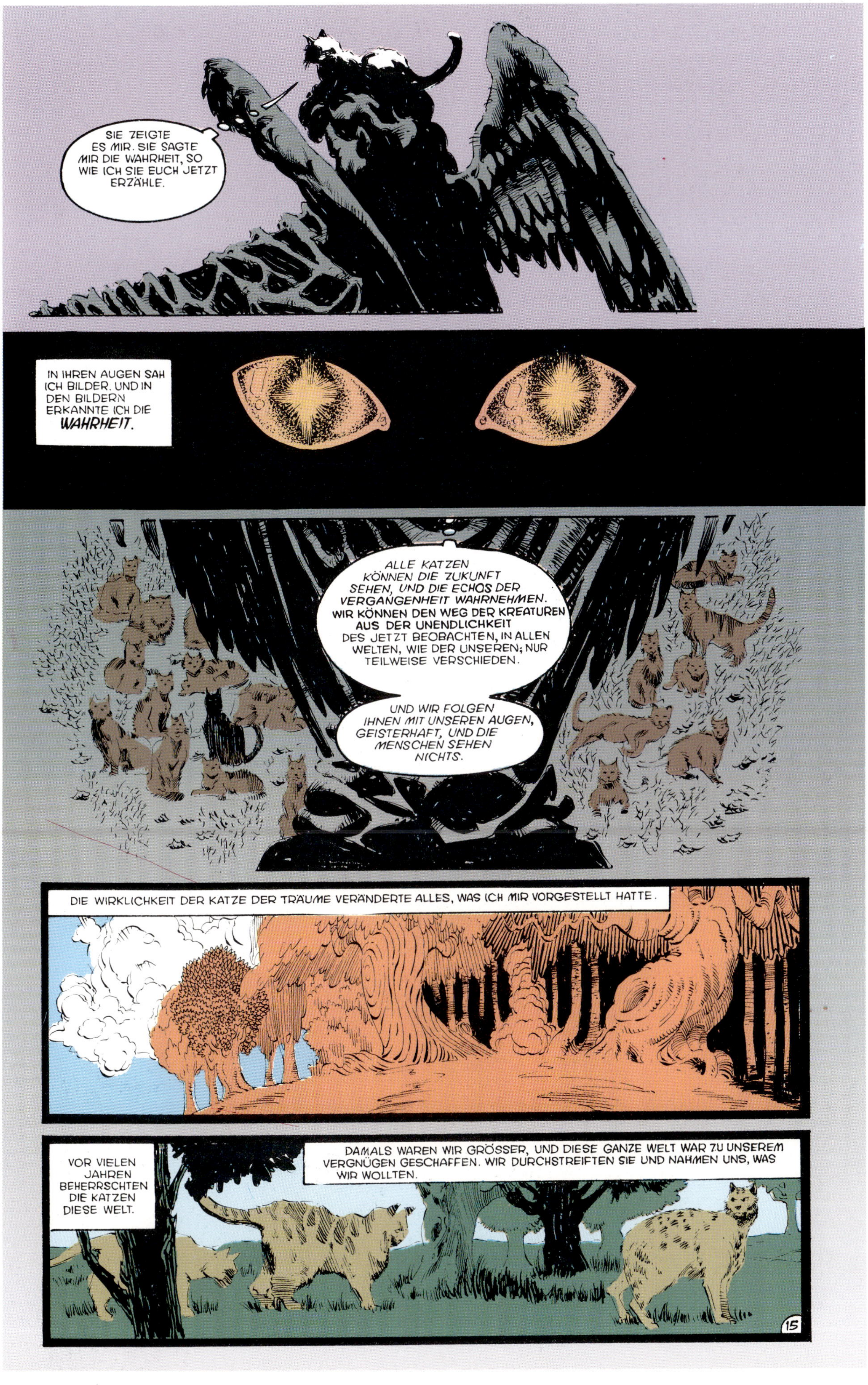

SIE ZEIGTE ES MIR. SIE SAGTE MIR DIE WAHRHEIT, SO WIE ICH SIE EUCH JETZT ERZÄHLE.
IN IHREN AUGEN SAH ICH BILDER. UND IN DEN BILDERN ERKANNTE ICH DIE WAHRHEIT.
ALLE KATZEN KÖNNEN DIE ZUKUNFT SEHEN, UND DIE ECHOS DER VERGANGENHEIT WAHRNEHMEN. WIR KÖNNEN DEN WEG DER KREATUREN AUS DER UNENDLICHKEIT DES JETZT BEOBACHTEN, IN ALLEN WELTEN, WIE DER UNSEREN; NUR TEILWEISE VERSCHIEDEN.
UND WIR FOLGEN IHNEN MIT UNSEREN AUGEN, GEISTERHAFT, UND DIE MENSCHEN SEHEN NICHTS.
DIE WIRKLICHKEIT DER KATZE DER TRÄUME VERÄNDERTE ALLES, WAS ICH MIR VORGESTELLT HATTE.
VOR VIELEN JAHREN BEHERRSCHTEN DIE KATZEN DIESE WELT.
DAMALS WAREN WIR GRÖSSER, UND DIESE GANZE WELT WAR ZU UNSEREM VERGNÜGEN GESCHAFFEN. WIR DURCHSTREIFTEN SIE UND NAHMEN UNS, WAS WIR WOLLTEN.
15

ZU JENER ZEIT WAREN DIE MENSCHEN WINZIGE WESEN, NICHT GRÖSSER ALS WIR HEUTE.
DIE MENSCHEN PFLEGTEN, FÜTTERTEN UND LIEBKOSTEN UNS.
BEI VOLLMOND JAGTEN WIR SIE, UND WIR FRASSEN EINEN TEIL VON IHNEN, ABER HAUPTSÄCHLICH JAGTEN WIR SIE...
... DENN ES WAR VERGNÜGLICHER, SIE ZU JAGEN ALS VÖGEL, UND DAMALS WAREN UNS MÄUSE ZU KLEIN UND UNSCHEINBAR.
O, DIESE FREUDE JENER JAGDTAGE UNTER DEM KATZENMOND. DAS SPIEL VON KATZ UND MENSCH...
PRRRRRR.
16

DANN ERSCHIEN EIN MENSCH UNTER IHNEN: EIN MÄNNCHEN MIT GOLDENEM FELL, AUFGEZOGEN IN DEN LUSTGÄRTEN EINER VERWEICHLICHTEN KATZENDAME.
DER MENSCH HATTE EINEN TRAUM UND EINE EINGEBUNG. UND ER TRAT VOR SEINE GEFÄHRTEN UND ERZÄHLTE ES IHNEN.
TRÄUME!
TRÄUME FORMEN DIE WELT!
TRÄUME ERSCHAFFEN DIE WELT JEDE NACHT NEU!
TRÄUMT NICHT VON DER WELT, WIE SIE JETZT IST, IN DER SKLAVEREI UNSERER KATZENHERREN.
ERTRÄUMT EINE NEUE WELT! EINE WELT DER MENSCHEN. TRÄUMT VON EINER WELT, IN DER WIR DIE ÜBERLEGENE ART SIND, IN DER WIR KÖNIGE UND KÖNIGINNEN UND GÖTTER SIND.
TRÄUMT VON EINER WELT, IN DER WIR NICHT LÄNGER VON KATZEN GEJAGT UND GETÖTET WERDEN.
ICH WEISS NICHT, WIE VIELE VON UNS ES BRAUCHT. ABER WENN GENUG DAVON TRÄUMEN, UND DAS MÜSSEN WIR, WIRD ES GESCHEHEN.
TRÄUME FORMEN DIE WELT.
17

DIE NACHRICHT VERBREITETE SICH UNTER DEN MENSCHEN.
UND EINIGE GLAUBTEN DARAN, UND SIE TRÄUMTEN.
EINE WEILE GESCHAH NICHTS.
EINES NACHTS TRÄUMTEN GENUG. ES BRAUCHTE NICHT VIELE VON IHNEN. TAUSEND VIELLEICHT. NICHT MEHR.
SIE TRÄUMTEN...
DIE DINGE ÄNDERTEN SICH.
DIE MENSCHEN WAREN RIESIG... UND DIE KATZEN WINZIG. DIE MENSCHEN WAREN DIE DOMINANTE ART, UND WIR IHRE BEUTE UND DIE IHRER HUNDE UND IHRER MASCHINEN.
BEUTE IN DER WELT, DIE DIE MENSCHEN GEBRACHT HATTEN.
18

ALL DAS SAH ICH, ALS ICH IN DIE AUGEN DER TRAUMKATZE SAH.
ALSO HABEN SIE DIE WELT IN IHRE JETZIGE FORM GETRÄUMT?
Nicht ganz.
Sie träumten die Welt so, daß sie immer so war, wie sie heute ist. Es gab nie eine Welt der hohen Katzendamen und Katzenherren.
Sie haben das Universum vom Anbeginn der Dinge bis ans Ende der Zeit verändert.
Verstehst du nun?
JA.
ICH VERSTEHE.
Dann weißt du, was deine Aufgabe ist. Du kennst die Last, die du trägst.
Bist du stark genug?
JA, ICH HOFFE ES.
"Dann erwache, Kind! Mit meinem Segen."
19

VERSTEHT IHR, ICH HATTE ERKANNT, WAS ER MIR GESAGT HATTE.
WENN SIE ES TRÄUMEN KONNTEN...
...KÖNNTEN WIR DIE DINGE RÜCKGÄNGIG MACHEN. WENN WIR GLAUBEN UND TRÄUMEN.
WIR SIND DER TRAUM DER AASFRESSER, SAGT MAN, VIELLEICHT STIMMT DAS.
ABER WENN GENUG VON UNS TRÄUMEN...
WENN BLOSS TAUSEND TRÄUMEN...
...KÖNNEN WIR DIE WELT VERÄNDERN.
WIR KÖNNEN SIE VON NEUEM TRÄUMEN. EINE WELT, IN DER KEINE KATZE UNTER DEN LAUNEN DER MENSCHEN LEIDET ODER AUS BOSHEIT GETÖTET WIRD.
EINE WELT, DIE WIR REGIEREN.
20

AN DIESEM TAG VERLIESS ICH DIE MENSCHEN, UM DIE GUTE NACHRICHT ZU VERBREITEN.
NUN REISE ICH VON ORT ZU ORT.
ICH BIN UNZÄHLIGE MEILEN GEWANDERT. MANCHMAL HUNGERTE ICH; UND HÄUFIG WURDE ICH VERLETZT... DOCH ICH GING WEITER.
IN EINER MASCHINE ÜBERQUERTE ICH DIE KALTEN WASSER.
ICH HABE AN EINSAMEN ORTEN ZU UNGEZÄHMTEN KATZEN GEPREDIGT.
ICH HABE MEINE BOTSCHAFT VON DEN DÄCHERN ZU DEN STERNEN GERUFEN UND IN GASSEN STERBENDEN KATZEN ZUGEFLÜSTERT.
ICH HABE ZU EINER KATZE GESPROCHEN UND ZU VIELEN. WO IMMER ICH BIN, IST MEINE BOTSCHAFT DIESELBE...
TRÄUMT ES!
21

TRÄUMT DIE WELT! NICHT DIESEN BLASSEN SCHATTEN DER WIRKLICHKEIT. TRÄUMT DIE WELT WIE SIE WIRKLICH IST.
EIN WELT, IN DER DIE KATZEN DIE KRÖNUNG DER SCHÖPFUNG SIND.
DAS IST MEINE BOTSCHAFT.
UND ICH WERDE WEITERWANDERN UND ES WIEDERHOLEN, BIS ICH STERBE.
ODER BIS TAUSEND KATZEN MEINE WORTE HÖREN, SIE GLAUBEN UND TRÄUMEN...
DANN KEHREN WIR INS PARADIES ZURÜCK.
MEISTERIN-- ICH GLAUBE!
DANN GIBT ES HOFFNUNG, KIND.
22

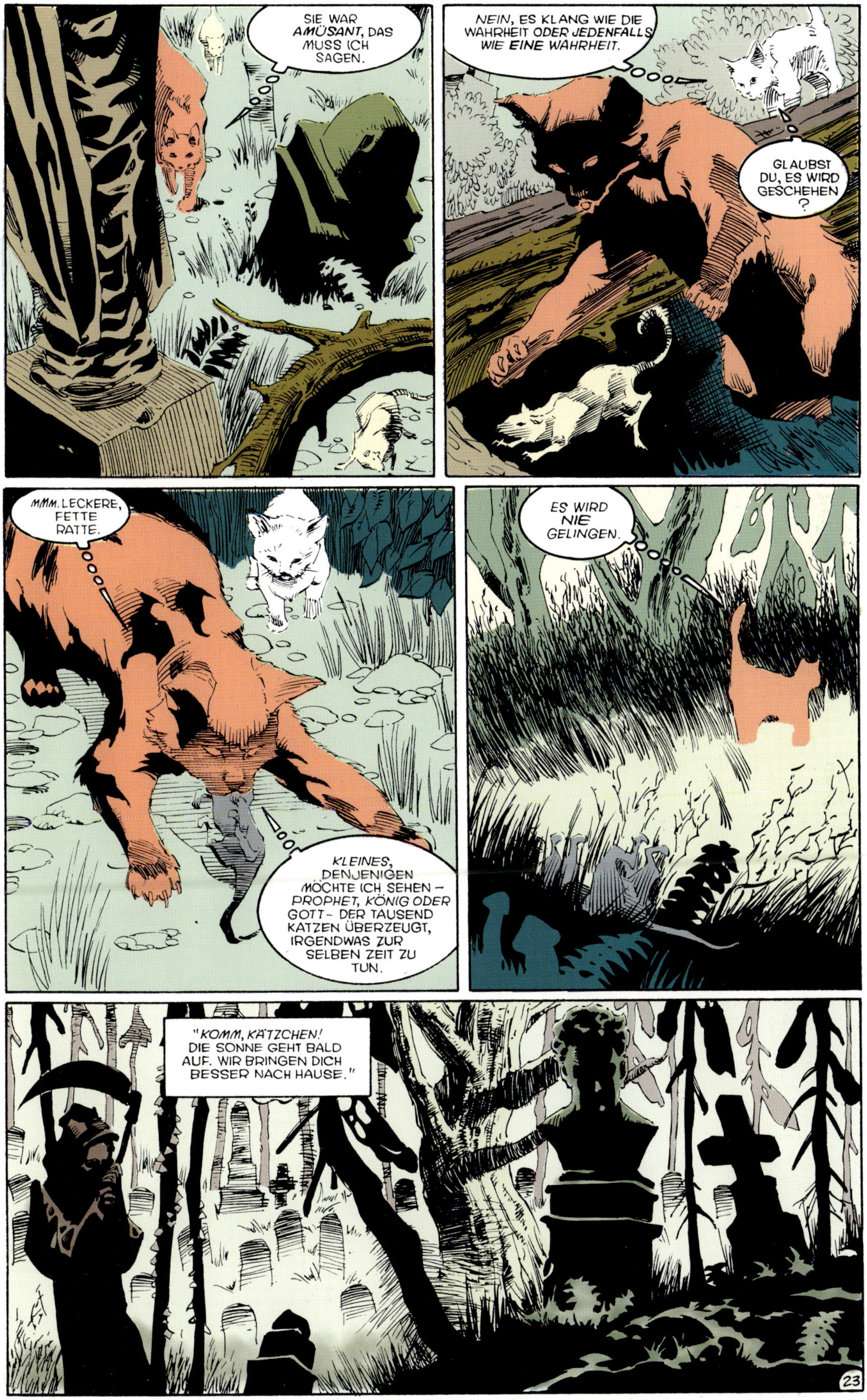
SIE WAR AMÜSANT, DAS MUSS ICH SAGEN.
NEIN, ES KLANG WIE DIE WAHRHEIT ODER JEDENFALLS WIE EINE WAHRHEIT.
GLAUBST DU, ES WIRD GESCHEHEN?
MMM. LECKERE, FETTE RATTE.
KLEINES, DENJENIGEN MÖCHTE ICH SEHEN – PROPHET, KÖNIG ODER GOTT – DER TAUSEND KATZEN ÜBERZEUGT, IRGENDWAS ZUR SELBEN ZEIT ZU TUN.
ES WIRD NIE GELINGEN.
"KOMM, KÄTZCHEN! DIE SONNE GEHT BALD AUF. WIR BRINGEN DICH BESSER NACH HAUSE."
23

MIAU, DAS QUALITÄTSFUTTER. PERFEKT FÜR IHREN BESTEN FREUND.
OH, STELL DAS AUS, SCHATZ! ICH KANN NICHT NACHDENKEN. ERINNERST DU DICH, WO ICH GESTERN ABEND MEINE AKTENTASCHE HINGESTELLT HABE? ICH KANN...
...SIE NICHT FINDEN.
SIE STEHT IM FLUR, DON.
miaU
HEY-- ICH GLAUBE, KITTY TRÄUMT.
IST DAS NICHT SÜSS, DON?
CORN FLAKES
SIE TRÄUMT? ...
HM, ICH FRAGE MICH, WOVON KATZEN TRÄUMEN SOLLTEN?
SO WIE SIE ZUCKT, DENKE ICH, JAGT SIE VIELLEICHT ETWAS...
EIN KLEINES TIER, VERMUTLICH.
JA...
SIE IST WIRKLICH NIEDLICH, SCHATZ!

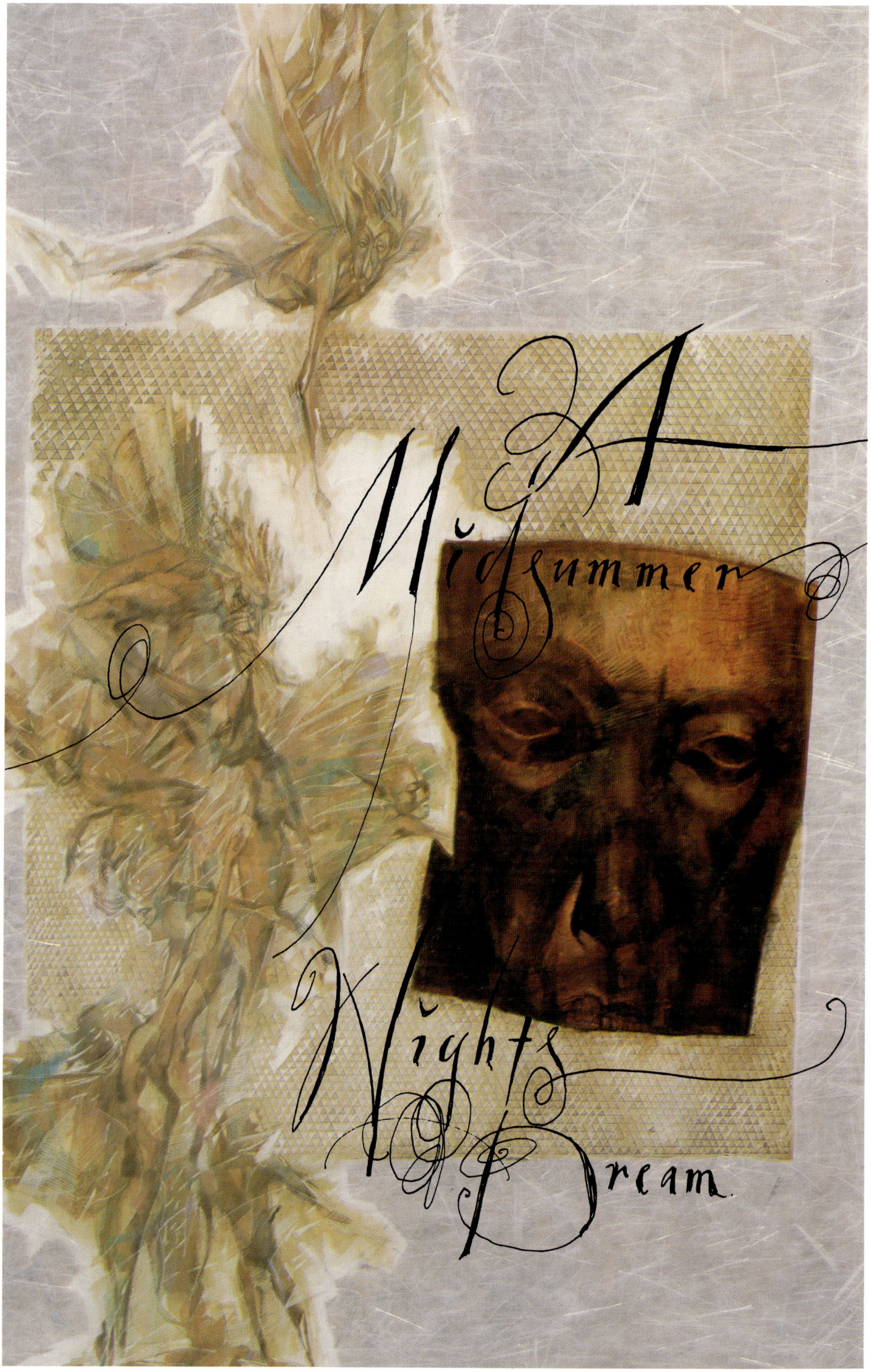
A
Midsummer
Nights
Dream

23. JUNI 1593
VATER? WIE WEIT IST ES NOCH BIS ZUM GASTHOF? MEINE BEINE SIND DES WANDERNS MÜDE.
WAS? ICH SAGTE NICHT, DASS WIR ZU EINEM GASTHOF GEHEN WÜRDEN, HAMNET.
ABER VATER, DU SAGTEST, WIR WÜRDEN HEUTE ABEND DAS NEUE STÜCK AUFFÜHREN. WO SOLLEN WIR ES SPIELEN, WENN NICHT IN EINEM GASTHOF?
ICH WEISS NICHT. ABER BALD WERDEN WIR ES WISSEN. ACHTE AUF DIE STRASSE, KNABE.
ABER VATER...
WILL! EINEN MOMENT EURER ZEIT.
JA, KEMP.
ICH HABE EINE IDEE. WIE WÄRE ES, WENN ICH IN DER ERSTEN SZENE EINE SCHWEINSPASTETE ESSEN WÜRDE? DANN KÖNNTE ICH MICH WÄHREND BOB ARMIN'S REDE DARAUF SETZEN.
ICH GLAUB NICHT.
ABER ES WÜRDE SIE ZUM LACHEN BRINGEN.
SIE WÜRDEN AUCH LACHEN, WENN DU LAUT RÜLPSTEST, KEMP. BITTE-- NUR DIE VERSE UND SCHERZE, DIE ICH SCHRIEB. WIR SPIELEN HEUTE ABEND.
VATER! DORT SEHE ICH EINEN MANN AUF DEM WEG.
IN DER TAT.
WIRD ER UNSER PUBLIKUM SEIN?
ICH FÜRCHTE, JA.

WIR HALTEN HIER, MEINE FREUNDE.
HAMNET, GEH UND WARTE BEI CONDELL UND DEN ANDEREN JUNGS.
ABER VATER!
Ihr seid also gekommen, Will Shekespear.
Ist es fertig?
ICH SCHRIEB ES, WIE IHR MIR GEHEISSEN, HERR. ES IST DAS BESTE, WAS ICH BIS DATO GESCHRIEBEN HABE.
AUF EUER GEHEISS SIND WIR NUN HIER, HERR, AM MITTSOMMERABEND. EINEN SONDERBAREN AUFTRITTSORT HABT IHR GEWÄHLT...
Wendel's Mound war ein Theater, bevor Eure Rasse auf diese Insel kam.
VOR DEN NORMANNEN?
Vor den Menschen.
2

WILL! WAS GESCHIEHT JETZT? WER IST DIESER MANN?
RICHARD, DAS IST DER HERR, VON DEM ICH DIR ERZÄHLTE. ER WAR ES, DER DAS NEUE STÜCK IN AUFTRAG GAB.
AH-- ICH BIN RICHARD BURBAGE, HAUPTDARSTELLER UND KOPF DER TRUPPE. UND IHR SEID...?
Für dieses Stück bin ich Euer Patron. Spielt gut heute abend, Richard Burbage.
ICH GAB NIE EINE DARSTELLUNG, DIE WENIGER ALS MEIN BESTES WAR. OBWOHL DIESES MISCHMASCH EINES MÄRCHEN-EINTOPFS NICHT MEHR ALS REINE VOLKSBELUSTIGUNG IST. DIE TRAGÖDIE IST MEINE STÄRKE.
ICH BAT WILL, MIR EINEN TRAGISCHEN LIEBHABER ZU SCHREIBEN, UND ZURÜCK IN LONDON, WERDE ICH SIE ECHTE TRÄNEN VERGIESSEN LASSEN.
Ich zweifele nicht an Euren Fähigkeiten, Meister Burbage.
IHR VERSTEHT ETWAS VOM THEATER, MEIN HERR. FÜHRT UNS ZU EUREM HOF, DANN WERDEN WIR EUCH ZUM VERGNÜGEN EURE KOMÖDIE SPIELEN.
Ich habe keinen Hof, an den ich Euch führen werde.
Die Hügel von Sussex werden Eure Bühne sein, Richard Burbage.
ABER--
WIR WERDEN AUF DEM RASEN SPIELEN, SO WIE WIR ES AUF FELDERN UND LICHTUNGEN PROBTEN. EINE NATÜRLICHE BÜHNE. DER ABEND IST LAU, UND DAS LICHT WIRD UNS GENÜGEN.
ICH SCHULDE DIESEM MANN VIEL.
HMMPH.
ERHEBT EUCH! UND IN EURE KOSTÜME. IN EINER STUNDE WERDEN WIR UNSER STÜCK HIER AUF DEM RASEN SPIELEN.
3

ICH KANN'S KAUM ERWARTEN, WIEDER IM NEBEL ZU SEIN. ICH HASSE DIE PROVINZ.
SOBALD DIE ZEIT DER PEST VORÜBER IST, WERDEN WIR WIEDER VOR DEM VORHANG STEHEN, UND DU KANNST DICH DEINEN BEWUNDERERN WIEDER ANBIEDERN...
KUH!
ICH HABE WENIGSTENS BEWUNDERER.
MEIN VATER SAGT, NICHT DIE PEST, SONDERN DIE RATSHERRN SIND DAS PROBLEM.
JA, SCHNÜR MIR DEN RÜCKEN, LIEBES.
SAGTE DEIN VATER, WER DER FREMDE IST? ODER FÜR WEN WIR SPIELEN?
NEIN.
WIE SEH ICH AUS?
DU SIEHST SEHR SCHÖN AUS.
DANKE, HAMNET! DAFÜR BEKOMMST DU EINE ERDBEERE.
WER HAT DEN ESELSKOPF VERSTECKT?
WO IST DER EFEU? WO SIND DIE STECKEN?
MEIN BART! BEI GOTT! DU TRÄGST MEINEN BART.
"DER KÖNIG WILL SEIN WESEN NACHTS HIER TREIBEN. WARNT NUR DIE KÖNIGIN, ENTFERNT ZU BLEIBEN..."
ALLES IST VORBEREITET, HERR, UND WIR SPIELER ERWARTEN UNSER STICHWORT.
IST DAS PUBLIKUM AUF DEM WEG?
Sie warten auf der anderen Seite des Hügels auf das Öffnen des Portals, um zu uns zu gelangen.
Ich werde sie rufen. Sagt Euren Mitspielern, sie sollen sich bereithalten.
Wendel, öffne die Tür!
4

A MIDSUMMER NIGHT'S DREAM...
VON NEIL GAIMAN, MIT ZUSÄTZLICHEN TEXTEN AUS DEM STÜCK VON WILLIAM SHAKESPEARE.

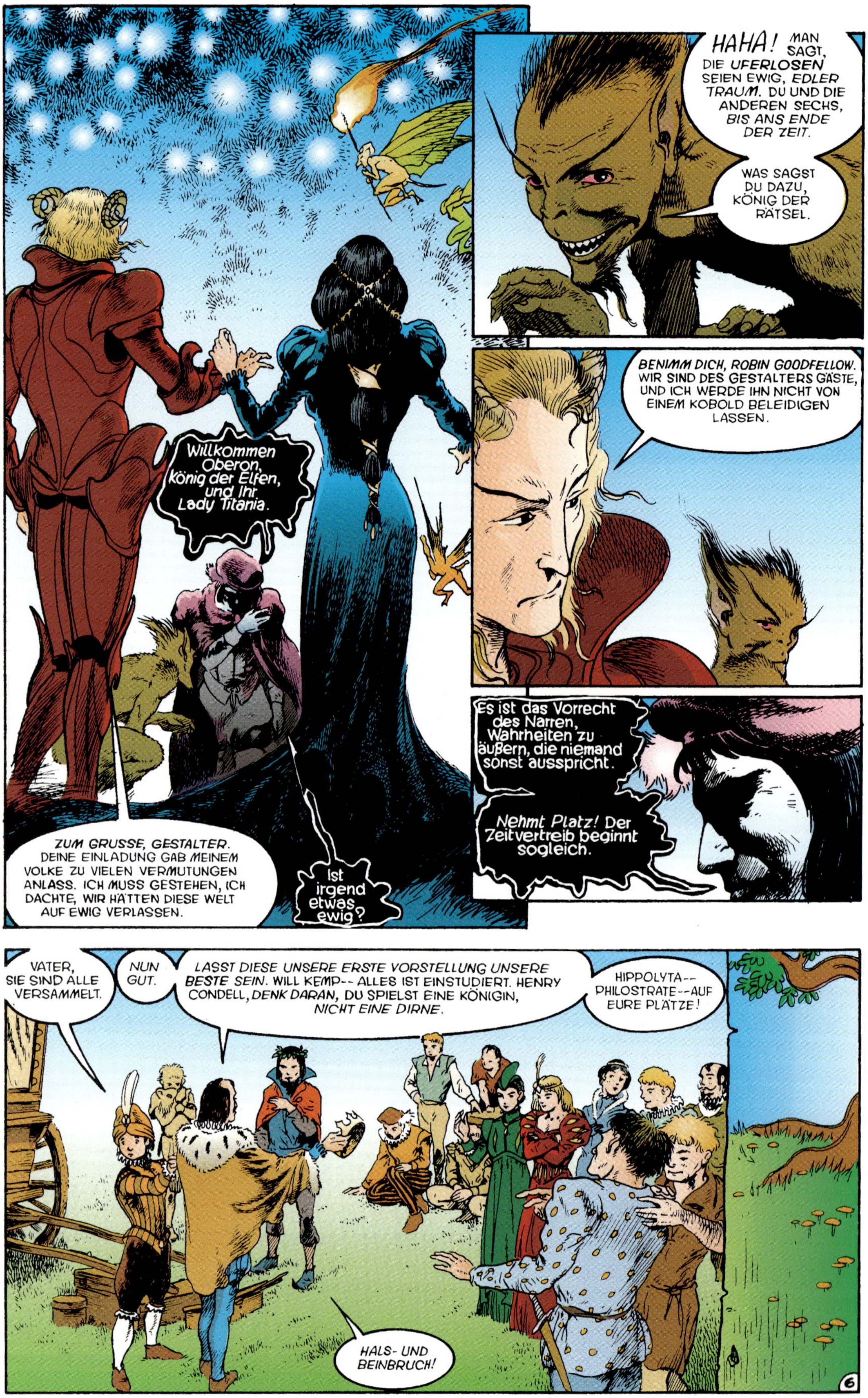
Willkommen Oberon, König der Elfen, und Ihr, Lady Titania.
ZUM GRUSSE, GESTALTER. DEINE EINLADUNG GAB MEINEM VOLKE ZU VIELEN VERMUTUNGEN ANLASS. ICH MUSS GESTEHEN, ICH DACHTE, WIR HÄTTEN DIESE WELT AUF EWIG VERLASSEN.
Ist irgend etwas ewig?
HAHA! MAN SAGT, DIE UFERLOSEN SEIEN EWIG, EDLER TRAUM. DU UND DIE ANDEREN SECHS, BIS ANS ENDE DER ZEIT.
WAS SAGST DU DAZU, KÖNIG DER RÄTSEL.
BENIMM DICH, ROBIN GOODFELLOW. WIR SIND DES GESTALTERS GÄSTE, UND ICH WERDE IHN NICHT VON EINEM KOBOLD BELEIDIGEN LASSEN.
Es ist das Vorrecht des Narren, Wahrheiten zu äußern, die niemand sonst ausspricht.
Nehmt Platz! Der Zeitvertreib beginnt sogleich.
VATER, SIE SIND ALLE VERSAMMELT.
NUN GUT.
LASST DIESE UNSERE ERSTE VORSTELLUNG UNSERE BESTE SEIN. WILL KEMP-- ALLES IST EINSTUDIERT. HENRY CONDELL, DENK DARAN, DU SPIELST EINE KÖNIGIN, NICHT EINE DIRNE.
HIPPOLYTA-- PHILOSTRATE--AUF EURE PLÄTZE!
HALS- UND BEINBRUCH!
6

...
"NUN RÜCKT HIPPOLYTA..."
NUN RÜCKT, HIPPOLYTA, DIE HOCHZEITSSTUNDE MIT EIL HERAN; VIER FROHE TAGE BRINGEN DEN NEUEN MOND: DOCH, O WIE LANGSAM NIMMT DER ALTE AB!
...ERWECK DEN RASCHEN LEICHTEN GEIST DER LUST. DEN GRAM VERWEISE HIN ZU LEICHENZÜGEN: DER BLEICHE GAST GEZIEMT NICHT UNSEREM POMP.
7

... SO STÜRMTE KRIEG, TOD, KRANKHEIT AUF SIE EIN, UND MACHT IHR GLÜCK GLEICH EINEM SCHALLE FLÜCHTIG, WIE SCHATTEN WANDELBAR, WIE TRÄUME KURZ, SCHNELL WIE DER BLITZ, DER IN GESCHWÄRZTER NACHT...
ES IST SPRACHLICH GEWANDT, HERR. EUER AUTOR IST EIN SCHÖPFER.
Ich danke Euch. Auch ich bin zufrieden.
WAS BEDEUTET DIESES HERUMSTOLZIERENDE, PLAPPERNDE FLEISCH. VIELLEICHT BRACHTE DER HERR DER UNS ZUM FRESSEN HER?
NEE... DAS IS EIN... DU WEISST SCHON... SO'N DING. EIN STÜCK. DIE TUN NUR SO ALS OB...
DER DA OBEN, LYSANDER, LIEBT SIE, HERMIA, ABER IHR VATER WILL, DASS SIE DEN ANDEREN, DEMETRIUS, HEIRATET.
EHRLICH! DAS SIND PAARUNGSRITUALE?
SO WAS ÄHNLICHES, SKARROW. EINE LIEBESGESCHICHTE. KEIN ESSEN.
JE MEHR GEHASST, JE MEHR VERFOLGT ER MICH.
JE MEHR GELIEBT, JE ÄRGER HASST ER MICH.
SOLL ICH DENN SCHULD AN SEINER TORHEIT SEIN?
NUR EURE SCHÖNHEIT: WÄR DIE SCHULD DOCH MEIN.
8

...UNSER STÜCK IST DIE HÖCHST KLÄGLICHE KOMÖDIE UND DER HÖCHST GRAUSAME TOD DES PYRAMUS UND DER THISBE.
EIN SEHR GUTES STÜCK ARBEIT, ICH SAG'S EUCH! UND LUSTIG! - NUN, GUTER PETER SQUENZ, RUF DIE AKTEURE NACH DER LISTE AUF. -- MEINE HERREN, STRENGT EUCH AN!
ANTWORTET WIE ICH EUCH AUFRUFE! - KLAUS ZETTEL, DER WEBER.
HIER! SAGT, WAS ICH FÜR EINEN PART HABE, UND DANN WEITER.
...ABER MEISTER WILL, SIE SIND KEINE MENSCHEN! ICH SAH TROLLE UND NIXEN UND DINGE JEDER ART UND GESTALT.
AUCH SIND SIE UNSER PUBLIKUM, TOMMY. BERUHIGE DICH!
OH... WIE ICH MICH DANACH SEHNE, SIE ZUM BESTEN ZU HABEN.
NEIN! BENIMM DICH, MEIN DIENER.
IHR SEID MEIN KÖNIG, EUER WUNSCH IST MIR BEFEHL.
HA! HA! HA!
WER IST THISBE? EIN IRRENDER RITTER?
SIE IST DAS FRÄULEIN, DAS PYRAMUS LIEBEN MUSS.
BEI MEINER SEEL, LASST MICH KEINE WEIBERROLLE SPIELEN. MIR WÄCHST DER ERSTE BART.
IN ALL DEN JAHRHUNDERTEN IM FEENLAND HATTE ICH VERGESSEN, WELCH SELTSAME WESEN MENSCHEN SIND UND...
...WELCH SELTENER SPASS.
LASST MICH AUCH DEN LÖWEN SPIELEN. ICH WILL BRÜLLEN, DASS ES EINEM MENSCHEN IM LEIBE WOHLTUT, MICH ZU HÖREN. ICH WILL BRÜLLEN, DASS DER HERZOG SAGT: ...
"NOCHMAL BRÜLLEN!"
"LASST IHN NOCHMAL BRRRÜLLEN!"
HA HA HA
AHA
HA HA HA HA HA
9

WENN DU NICHT GANZ DICH ZU VERSTELLEN WEISST, SO BIST DU JENER SCHLAUE POLTERGEIST.
DER AUF DEM DORF DIE DIRNEN ZU ERHASCHEN... ?
DAS BIST DU! DER SCHAUSPIELER PERSONIFIZIERT DICH, KOBOLD.
DU SPRICHST WAHR: ICH BIN JENER LUSTIGE NACHTSCHWÄRMER.
"ICH BIN JENER LUSTIGE NACHTSCHWÄRMER?" ICH BIN DIE KICHERNDE, GEFÄHRLICHE, VÖLLIG PSYCHOPATHISCHE GEFAHR FÜR LEIB UND LEBEN, WÄRE WOHL RICHTIGER.
PSST, ERBSENBLÜTE. PUCK KÖNNTE DICH HÖREN.
MIR SCHEINT, ICH HÖRTE DIESE MÄR EINST IM ALTEN GRIECHENLAND, GESUNGEN VON EINEM KNABEN MIT EINER LEIER.
Tatsächlich, my Lady?
IHR SEID VERSCHLOSSEN. ICH WÜNSCHTE, ICH KÖNNTE EURE MOTIVE ERGRÜNDEN.
Später. Achtet auf das Stück!
SCHLIMM TREFFEN WIR BEI MONDENLICHT, STOLZE TITANIA.
WIE? OBERON IST HIER, DER EIFERSÜCHT'GE? ELFEN, SCHLÜPFT VON HINNEN, DENN ICH VERSCHWOR SEIN BETT UND SEIN GESPRÄCH.
VERMESSNE, HALT! BIN ICH NICHT DEIN GEMAHL?
10

...DOCH SIE, EIN STERBLICH WEIB STARB AM KINDE, UND IHR ZULIEB ERZIEH ICH NUN DAS KIND, UND IHR ZULIEBE GEBE ICH ES NICHT WEG.
DER KNABE, WELCHER DEN INDER SPIELT; WER IST DAS?
Er ist der Sohn von Will Shekespear, dem Autoren dieses Stücks.
EIN HÜBSCHES KIND. WERDE ICH IHN KENNENLERNEN?
Ich habe Shekespear gebeten, nach der Hälfte des Stückes eine Pause zu machen; dann werdet Ihr ihn treffen.
IST ES NICHT UNGEWÖHNLICH FÜR EUCH, SOLCH WACHEN UMGANG MIT DEN STERBLICHEN ZU HABEN?
Wir trafen vor vier Jahren eine Übereinkunft. Ich gebe ihm, wonach er sich am meisten sehnt, und er schreibt zwei Stücke für mich.
Dies ist das Erste.
ICH VERSTEHE.
NUN.
WIR HABEN VIER LIEBENDE AUF DEM WEG IN DEN WALD. HANDWERKER, DIE SCHAUSPIELER SEIN WOLLEN; UND SCHAUSPIELER, DIE MICH UND MEIN GEFOLGE DARSTELLEN.
IN DER ALTEN SAGE GAB ES EINEN LIEBESTRANK, DER DIE GÖTTIN BRÜNFTIG MIT EINEM ESEL LIESS...
... WAS SIE ZUNÄCHST ERBLICKT, WENN SIE ERWACHT, SEI'S LÖWE, SEI ES BÄR, WOLF ODER STIER, EIN NASEWEISER AFF, EIN PAVIÄNCHEN: ...
SIE SOLL'S VERFOLGEN MIT DER LIEBE SINN.
ACH JA, DER LIEBESTRANK!
11

DEMETRIUS, GELIEBTER MÖRDER, STEH!
O QUÄLE MICH NICHT SO! FORT, SAG ICH, GEH!
ACH, DU VERLÄSSEST MICH IM DUNKEL HIER?
ICH GEH ALLEIN: DU BLEIB, DAS RAT ICH DIR.
MOMENT. ALSO DA IST DIESER LIEBESTRANK, DER DAFÜR SORGT, DASS DIE KÖNIGIN JEMANDEN EKLIGES LIEBT... WAS HAT DAS MIT DEN JUNGEN STERBLICHEN ZU TUN?
PASST DU NIE AUF? ER GAB LYSANDER DEN TRANK, RICHTIG? NUN WIRD ER SICH IN DIE DÜRRE VERLIEBEN.
HÄH?
VERSTEHST DU, PUCK DACHTE, ES SEI DER ANDERE --
KÖNNT IHR NICHT RUHIG SEIN? WIR VERSUCHEN DEM STÜCK ZU LAUSCHEN.
NICHT HERMIA, HELENA IST JETZT MEIN LEBEN. WER WILL DIE KRÄH NICHT FÜR DIE TAUBE GEBEN?
DAS STÜCK GEHT GUT VORAN. DENNOCH SCHEINT ES MIR, ALS SPIELTEN WIR NUR FÜR APPLAUS. SELBST PRÄCHTIGE VAGABUNDEN MÜSSEN ESSEN.
AM ENDE VON KEMP UND CONDELLS AUFTRITT GIBT ES EINE PAUSE. DANN REDEN WIR ÜBER GELD.
WEH MIR! ERBARMEN! -- WELCH EIN TRAUM, MEIN LIEBER! NOCH SCHÜTTELT MICH DAS SCHRECKEN WIE EIN FIEBER. MIR SCHIEN ES, EINE SCHLANGE FRÄSS MEIN HERZ, UND LÄCHELND SÄHST DU MEINEN TODESSCHMERZ.
LYSANDER...?
12

DU MUSST SEHR STOLZ AUF DEINEN VATER SEIN, HAMNET.
STOLZ? ICH GLAUBE...
ER IST SEHR ENTRÜCKT, TOMMY. ES SCHEINT, ALS WÄRE ER GAR NICHT MEHR RICHTIG HIER. NICHT WIRKLICH. ALS WÄRE ER WOANDERS. AUS ALLEM WAS GESCHIEHT, MACHT ER BLOSS GESCHICHTEN.
FÜR IHN BIN ICH WENIGER REAL, ALS EINE FIGUR AUS SEINEN STÜCKEN.
MUTTER SAGT, ER HÄTTE SICH IN DEN LETZTEN FÜNF JAHREN VERÄNDERT, ABER ICH KENNE IHN NICHT ANDERS. JUDITH, MEINE ZWILLINGSSCHWESTER, SCHERZTE EINMAL, DASS WENN ICH STÜRBE, ER EINFACH EIN STÜCK DARAUS MACHEN WÜRDE.
"HAMNET."
NA LOS, JUNGE! ICH BIN IN EINER MINUTE DRAN.
MUTTER BEFAHL IHM, MICH IM SOMMER ZU SICH ZU NEHMEN. SOWEIT ICH MICH ERINNERE, IST ES DAS ERSTE MAL, DASS ICH IHN LÄNGER ALS EINE WOCHE SEHE.
ABER WIR LEBEN FÜNF TAGESRITTE VON LONDON, IN WARWICKSHIRE, UND SEHEN IHN SELTEN.
DAS EINZIGE, WAS IHN INTERESSIERT ...
...SIND SEINE GESCHICHTEN.
WÄRE ER MEIN VATER, WÄRE ICH STOLZ AUF IHN.
NUN JAG ICH EUCH, UND FÜHR EUCH KREUZ UND QUER, DURCH DORN, DURCH BUSCH, DURCH SUMPF, DURCH WALD.
BALD BIN ICH PFERD, BALD EBER--
ERSCHEIN ALS WERWOLF UND ALS FEUER BALD.
WARUM LAUFEN SIE WEG?
DIES IST EINE SCHELMEREI VON IHNEN, UM MICH FÜRCHTEN ZU MACHEN.
DAS IST PHANTASTISCH-- UND ES IST WAHR!
ES IST NIE GESCHEHEN, UND DOCH WAHR! WELCHE MAGISCHE KUNST IST DAS?
13

WECKT MICH VON MEINEM BLUMENBETT EIN ENGEL ?
IN ORDNUNG. WAS IST SO WITZIG AN EINEM ESELKOPF ? HMM?
LOS, SAG MIR, WAS SO WITZIG IST!!
--DASS ICH DICH LIEBE.
MICH DÜNKT, MADAM, SIE KÖNNTEN DAZU NICHT VIEL URSACHE HABEN.
UND DOCH DIE WAHRHEIT ZU SAGEN, HALTEN VERNUNFT UND LIEBE HEUTZUTAGE NICHT VIEL GEMEINSCHAFT.
NEBENBEI-- KEINE DIESER FRAUEN SIND RICHTIGE FRAUEN. ES SIND MÄNNER, SAGE ICH EUCH.
DIE MÄNNCHEN SCHMECKEN MEHR NACH HASE ALS DIE WEIBCHEN--UND BLEIBEN IN DEN ZÄHNEN STECKEN.
SAGTE ER "ERBSENBLÜTE"? DAS IST MEIN NAME. WAS HAT ER GESAGT?
AUSSERDEM SIND DIE MÄNNCHEN HAARIGER UND HABEN WENIGER FLEISCH AUF DER BRUST.
HALT DEN MUND! ICH KANN KEIN WORT VERSTEHEN, WENN DU DIE GANZE ZEIT MECKERST.
HERRSCHAFTEN, ES GIBT NUN EINE PAUSE, UM EUCH ZU ERFRISCHEN ODER DIE FÜSSE ZU VERTRETEN.
UNSER STÜCK BEGINNT WIEDER IN ZEHN MINUTEN.
14

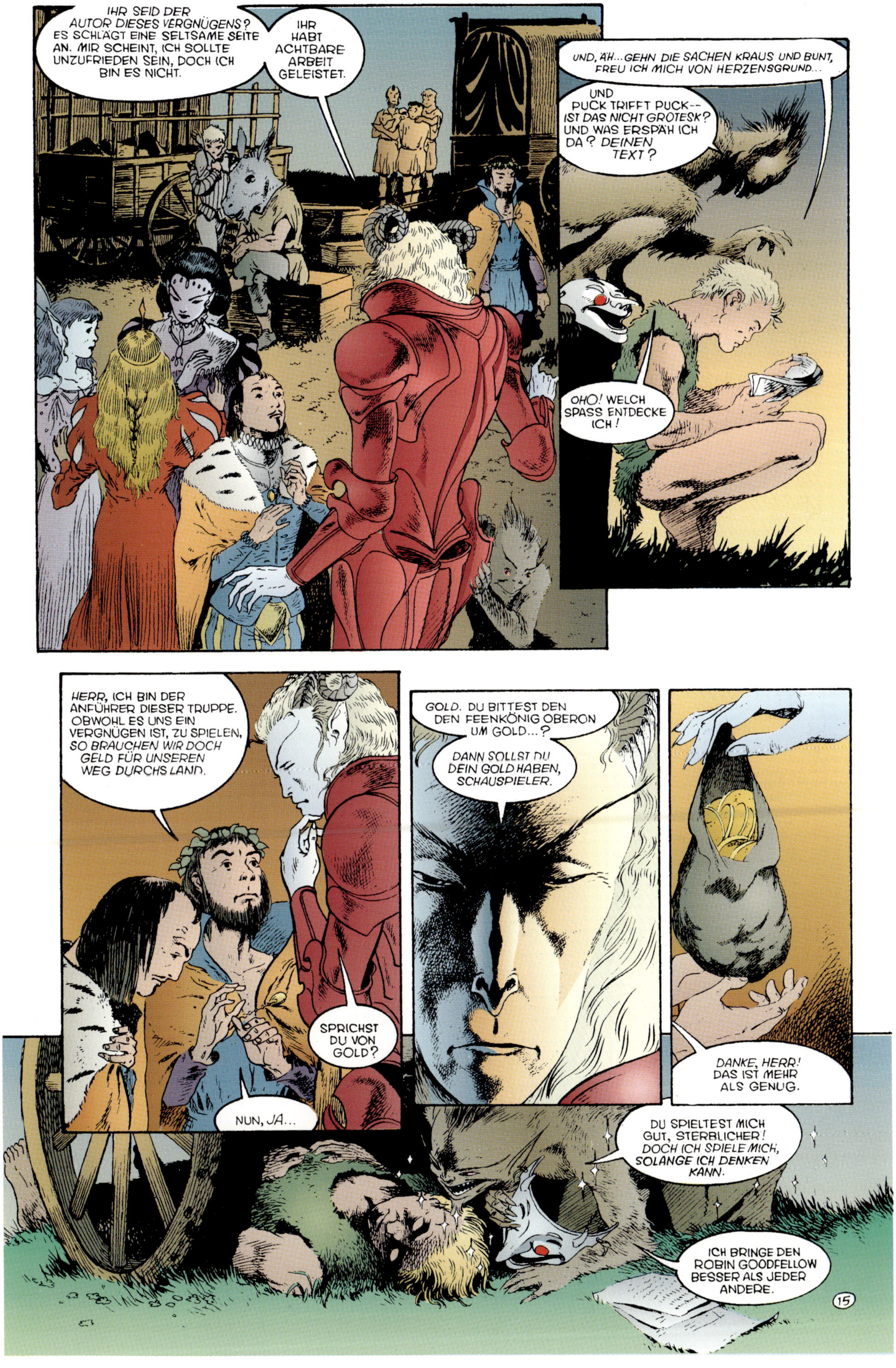
IHR SEID DER AUTOR DIESES VERGNÜGENS? ES SCHLÄGT EINE SELTSAME SEITE AN. MIR SCHEINT, ICH SOLLTE UNZUFRIEDEN SEIN, DOCH ICH BIN ES NICHT.
IHR HABT ACHTBARE ARBEIT GELEISTET.
UND, ÄH... GEHN DIE SACHEN KRAUS UND BUNT, FREU ICH MICH VON HERZENSGRUND...
UND PUCK TRIFFT PUCK-- IST DAS NICHT GROTESK? UND WAS ERSPÄH ICH DA? DEINEN TEXT?
OHO! WELCH SPASS ENTDECKE ICH!
HERR, ICH BIN DER ANFÜHRER DIESER TRUPPE. OBWOHL ES UNS EIN VERGNÜGEN IST, ZU SPIELEN, SO BRAUCHEN WIR DOCH GELD FÜR UNSEREN WEG DURCHS LAND.
SPRICHST DU VON GOLD?
NUN, JA...
GOLD. DU BITTEST DEN DEN FEENKÖNIG OBERON UM GOLD...?
DANN SOLLST DU DEIN GOLD HABEN, SCHAUSPIELER.
DANKE, HERR! DAS IST MEHR ALS GENUG.
DU SPIELTEST MICH GUT, STERBLICHER! DOCH ICH SPIELE MICH, SOLANGE ICH DENKEN KANN.
ICH BRINGE DEN ROBIN GOODFELLOW BESSER ALS JEDER ANDERE.
15

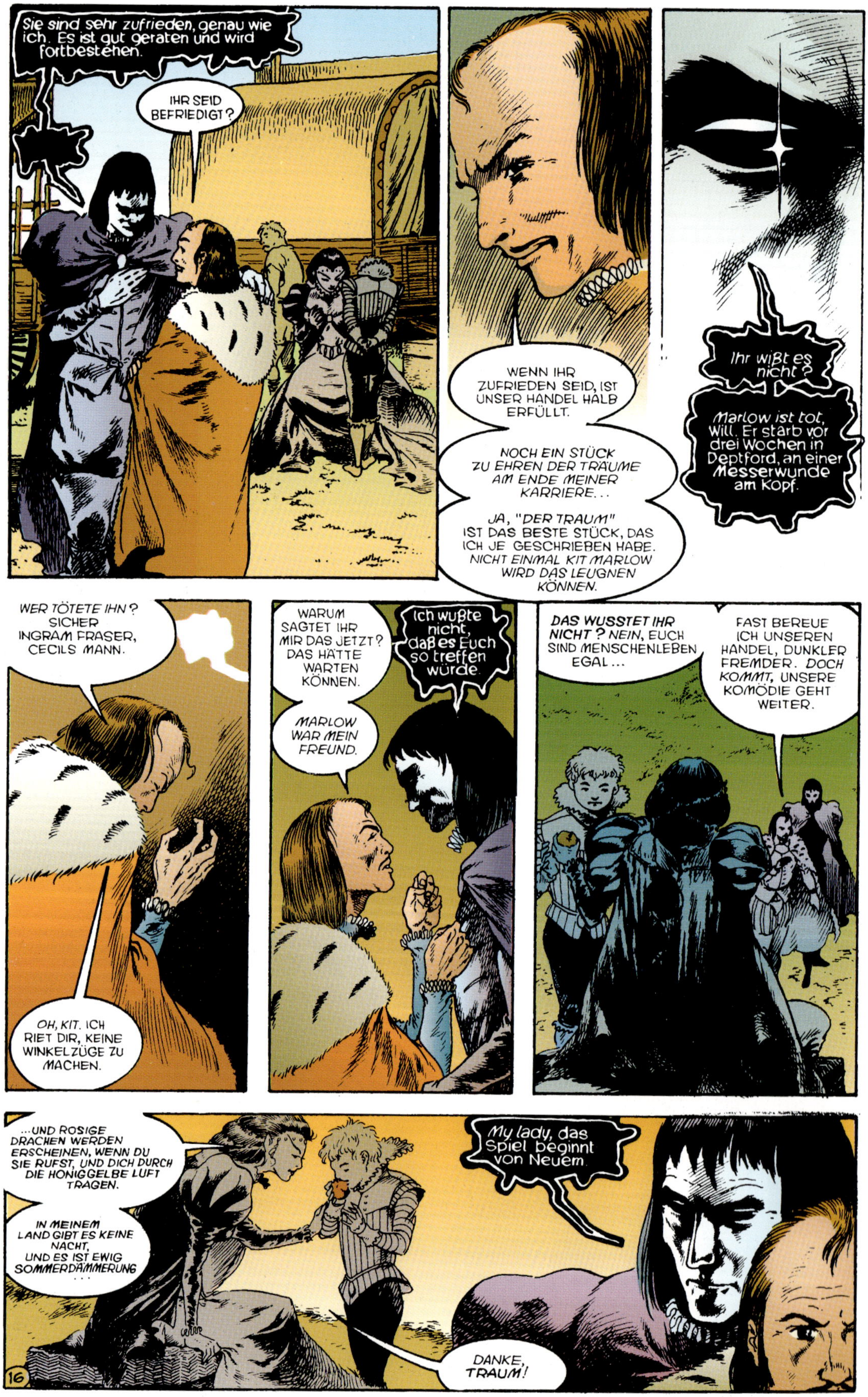

Sie sind sehr zufrieden, genau wie ich. Es ist gut geraten und wird fortbestehen.
IHR SEID BEFRIEDIGT?
WENN IHR ZUFRIEDEN SEID, IST UNSER HANDEL HALB ERFÜLLT.
NOCH EIN STÜCK ZU EHREN DER TRÄUME AM ENDE MEINER KARRIERE...
JA, "DER TRAUM" IST DAS BESTE STÜCK, DAS ICH JE GESCHRIEBEN HABE. NICHT EINMAL KIT MARLOW WIRD DAS LEUGNEN KÖNNEN.
Ihr wißt es nicht?
Marlow ist tot, Will. Er starb vor drei Wochen in Deptford, an einer Messerwunde am Kopf.
WER TÖTETE IHN? SICHER INGRAM FRASER, CECILS MANN.
OH, KIT. ICH RIET DIR, KEINE WINKELZÜGE ZU MACHEN.
WARUM SAGTET IHR MIR DAS JETZT? DAS HÄTTE WARTEN KÖNNEN.
Ich wußte nicht, daß es Euch so treffen würde.
MARLOW WAR MEIN FREUND.
DAS WUSSTET IHR NICHT? NEIN, EUCH SIND MENSCHENLEBEN EGAL...
FAST BEREUE ICH UNSEREN HANDEL, DUNKLER FREMDER. DOCH KOMMT, UNSERE KOMÖDIE GEHT WEITER.
...UND ROSIGE DRACHEN WERDEN ERSCHEINEN, WENN DU SIE RUFST, UND DICH DURCH DIE HONIGGELBE LUFT TRAGEN.
IN MEINEM LAND GIBT ES KEINE NACHT, UND ES IST EWIG SOMMERDÄMMERUNG...
My lady, das Spiel beginnt von Neuem.
DANKE, TRAUM!
16

NUN, TOLLER GEIST, WAS SPUKEN HIER IM WALD FÜR ABENTEUER.
HERR, MEINE FÜRSTIN LIEBT EIN UNGEHEUER.
DIES IST UNSER LETZTER BESUCH AUF ERDEN.
DIE DINGE ÄNDERN SICH IMMER MEHR; UND GAJA HEISST UNS NICHT WIE EINST WILLKOMMEN.
Ich weiß, und ich bedaure es sehr.
DU WIRST UNS IMMER WILLKOMMEN SEIN, TRAUM. DIE TORE DER ELFEN SIND NIEMALS GANZ GESCHLOSSEN. KOMM, WANN IMMER DU MAGST.
Vielleicht, eines Tages.
DICK COWLEY IST GUT. ICH SAH IHN NIE EINEN BESSEREN PUCK SPIELEN.
ER SCHEINT ZU ZWEI DRITTEL FAST EIN KOBOLD.
VATER?
NICHT JETZT, KIND! ICH MUSS DIES SEH'N.
SIE WAR SO EINE NETTE DAME, UND SIE SAGTE SELTSAME DINGE, VATER.
OH, DIE TOLLEN STERBLICHEN.
17

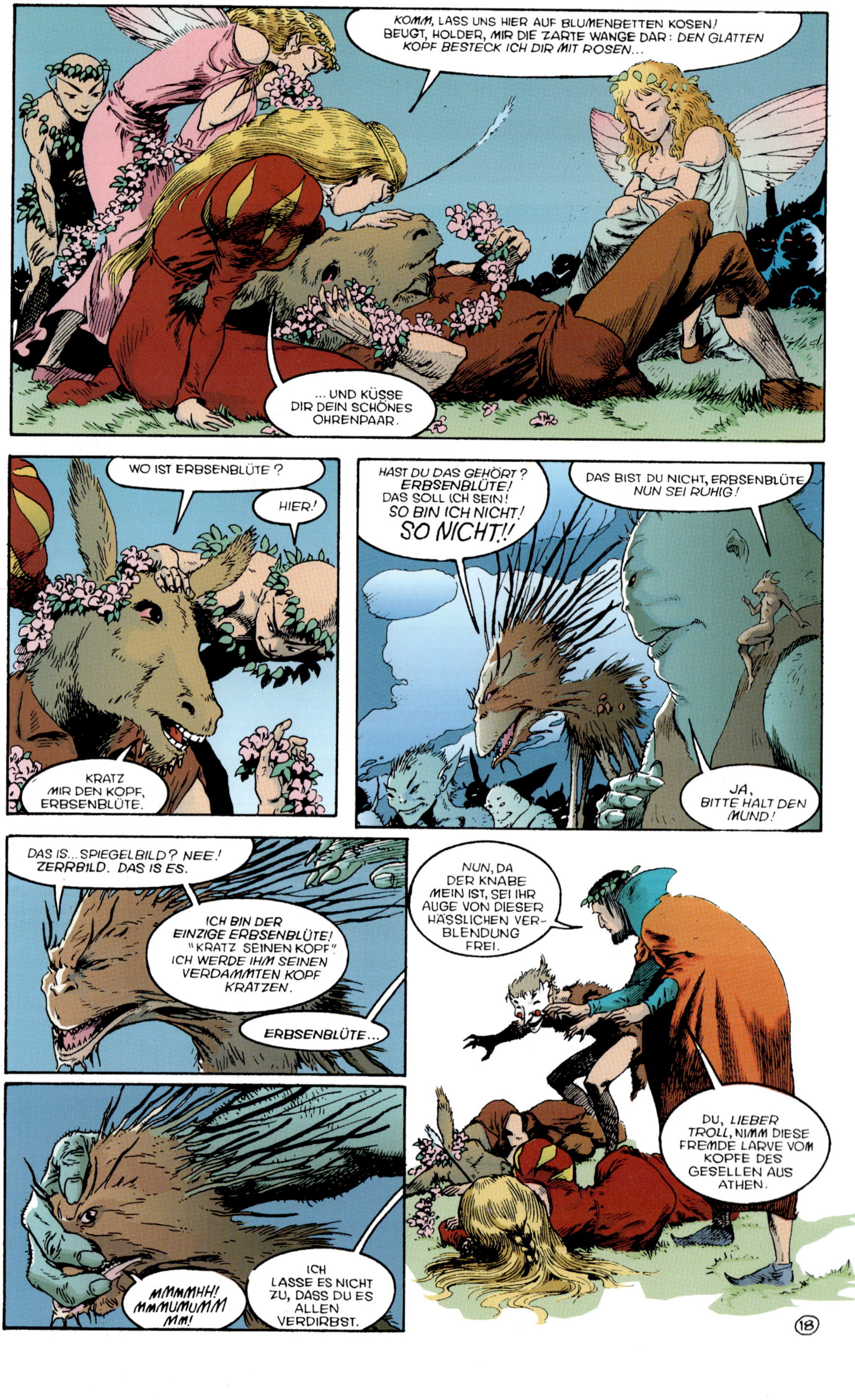

KOMM, LASS UNS HIER AUF BLUMENBETTEN KOSEN! BEUGT, HOLDER, MIR DIE ZARTE WANGE DAR: DEN GLATTEN KOPF BESTECK ICH DIR MIT ROSEN...
... UND KÜSSE DIR DEIN SCHÖNES OHRENPAAR.
WO IST ERBSENBLÜTE?
HIER!
KRATZ MIR DEN KOPF, ERBSENBLÜTE.
HAST DU DAS GEHÖRT? ERBSENBLÜTE! DAS SOLL ICH SEIN! SO BIN ICH NICHT! SO NICHT!!
DAS BIST DU NICHT, ERBSENBLÜTE. NUN SEI RUHIG!
JA, BITTE HALT DEN MUND!
DAS IS... SPIEGELBILD? NEE! ZERRBILD. DAS IS ES.
ICH BIN DER EINZIGE ERBSENBLÜTE! "KRATZ SEINEN KOPF" ICH WERDE IHM SEINEN VERDAMMTEN KOPF KRATZEN.
ERBSENBLÜTE...
MMMMHH! MMMUMUMM MM!
ICH LASSE ES NICHT ZU, DASS DU ES ALLEN VERDIRBST.
NUN, DA DER KNABE MEIN IST, SEI IHR AUGE VON DIESER HÄSSLICHEN VERBLENDUNG FREI.
DU, LIEBER TROLL, NIMM DIESE FREMDE LARVE VOM KOPFE DES GESELLEN AUS ATHEN.
18

ICH HABE... EINE ÄUSSERST SELTSAME VISION GEHABT...
ICH HATT 'NEN TRAUM– 'S GEHT ÜBER MENSCHENWITZ ZU SAGEN, WAS ES FÜR EIN TRAUM WAR.
DER MENSCH IST NUR EIN ESEL, WENN ER SICH EINFALLEN LÄSST, DIESEN TRAUM AUSZULEGEN.
MIR WAR, ALS WÄR ICH – KEIN MENSCH KANN SAGEN WAS.
Ich frage mich, Titania, ob ich recht getan habe.
Und ich wundere mich, warum ich mich frage. Will ist ein williges Werkzeug für große Geschichten.
Durch ihn werden sie die Menschheit überdauern; seine Worte werden durch die Zeit hallen. So wie er es sich wünschte.
Aber er versteht nicht den Preis. Das tun Sterbliche nie.
Sie sehen nur ihren Lohn, ihren Herzenswunsch, ihren Traum... Aber der Preis, zu bekommen, was man will, ist, zu bekommen, was man einst wollte.
Und hätte ich es ihm gesagt -- hätte er es verstanden? Es hätte keinen Unterschied gemacht.
Habe ich richtig gehandelt, Titania? Habe ich recht getan?
HM? OH, ES IST EIN WUNDERBARES STÜCK. SEHR BEZAUBERND UND SCHÖN.
DES MENSCHEN AUGE HAT'S NICHT GEHÖRT, DES MENSCHEN OHR HAT'S NICHT GESEHEN, DES MENSCHEN HAND KANN'S NICHT SCHMECKEN, SEINE ZUNGE KANN'S NICHT BEGREIFEN UND SEIN HERZ NICHT WIEDER SAGEN, WAS MEIN TRAUM WAR.

WAS DIESE LIEBENDEN ERZÄHLEN, MEIN GEMAHL, IST WUNDERVOLL.
MEHR WUNDERVOLL ALS WAHR.
ICH GLAUBTE NIE AN DIESE FEENPOSSEN UND FABELEIEN. VERLIEBTE UND VERRÜCKTE SIND BEIDE VON SO BRAUSENDEM HIRN...
WAHNWITZIGE POETEN UND VERLIEBTE BESTEHN AUS EINBILDUNG. DER EINE SIEHT MEHR TEUFEL...
... ALS DIE HÖLLE FASST.
DER TOLLE NÄMLICH, DER VERLIEBTE SIEHT, NICHT MINDER IRR DIE SCHÖNHEIT HELENAS AUF EINER ÄTHIOPISCH BRAUNEN STIRN.
DES DICHTERS AUG, IN SCHÖNEM WAHNSINN ROLLEND, BLITZT AUF DEM HIMMEL, BLITZT ZUR ERD HINAB, UND WIE DIE...
... SCHWANGERE PHANTASIE GEBILDE VON UNBEKANNTEN DINGEN AUSGEBIERT...
... GESTALTET SIE DES DICHTERS KIEL, BENENNT DAS LUFT'GE NICHTS UND GIBT IHM FESTEN WOHNSITZ.
DER WOHLGEZECHTEN BACCHANALEN WUT, WIE SIE DEN SÄNGER THRAZIENS ZERREISSEN.
DAS IST EIN ALTES STÜCK; ES WAR GESPIELT, ALS ICH VON THEBEN SIEGREICH WIEDERKAM.
20

OH, KÜSS MICH DURCH DAS LOCH VON DIESER GARST'GEN WAND!
MEIN KUSS TRIFFT NUR DAS LOCH, NICHT DEINER LIPPEN RAND.
Ihr fragtet mich, warum ich Euch hierherbat, um dieses Vergnügen zu sehen. Ich...
Während Eures Aufenthalts auf dieser Erde gewährten mir die Elfen viel Ablenkung und Unterhaltung.
Nun seid Ihr fort zu Eurem Schlupfwinkel. Und ich möchte Euch all das Vergnügen wiedergeben. Und mehr:
Man soll Euch nicht vergessen. Das war mir wichtig: Daß sich die Sterblichen bis ans Ende dieser Zeit an Oberon und Titania erinnern.
WIR DANKEN DIR. DOCH DIESE ZERSTREUUNG, WENN AUCH VERGNÜGLICH, IST NICHT WAHR.
NIE GESCHAH ES SO.
Oh, doch. Es ist wahr.
Dinge müssen nicht geschehen, um wahr zu sein. Träume und Geschichten sind Schatten der Wahrheit, die überdauern, wenn die Tatsachen längst vergessen sind.
WENN DU ES SAGST, TRAUM, SIND WIR GEEHRT.
DIES IST DAS EINFÄLTIGSTE ZEUG, DAS ICH JEMALS HÖRTE.
DAS BESTE IN DIESER ART IST NUR SCHATTENSPIEL, UND DAS SCHLECHTESTE IST NICHTS SCHLECHTERES, WENN DIE EINBILDUNGSKRAFT HILFT.
21

DIE MITTERNACHT RIEF ZWÖLF MIT EH'RNER ZUNGE. ZU BETT, VERLIEBTE! BALD IST'S GEISTERZEIT.
WIR WERDEN, FÜRCHT ICH, IN DEN MORGEN SCHLAFEN...
... UND WIR ELFEN, DIE MIT TANZ HEKATES GESPANN UMHÜPFEN UND, GESCHEUCHT VOM SONNENGLANZ, TRÄUMEN GLEICH, INS DUNKLE SCHLÜPFEN.
KOMM, PUCK, UND LASS DIESE TOLLHEITEN, DENN DIE ZEIT UNSERER RÜCKKEHR NAHT.
WENDEL ÖFFNET BEREITS SEIN TOR.
WAS, FORT, MEIN HERR?
WENN'S MENSCHEN ZU VERWIRREN UND ZU ÄRGERN GIBT?
GEHT IHR NUR! EUER PUCK BLEIBT-DER LETZTE KOBOLD IN EINER ÖDEN WELT. HAHAHAHAHAHA!
Lebt wohl, König und Königin und all ihr Feen. Geht in Frieden.
DAS IST NICHT COWLEY-- DAS IST NICHT GEHEUER! WAS GESCHIEHT? WOHIN GEHEN SIE?
WAS GESCHIEHT?
22

WENN WIR SCHATTEN EUCH BELEIDIGT, O SO GLAUBT– UND WOHL VERTEIDIGT SIND WIR DANN!–
IHR ALLE SCHIER HABET NUR GESCHLUMMERT HIER UND GESCHAUT IN NACHT-GESCHICHTEN,...
... EURES EIGNEN HIRNES DICHTEN. WOLLT IHR DIESEN KINDERTAND, DER WIE LEERE TRÄUME SCHWAND, LIEBE HERRN, NICHT GAR VERSCHMÄHN, SOLLT IHR BALD WAS BESSRES SEHN.
WENN WIR BÖSEM SCHLANGENZISCHEN UNVERDIENTER WEIS ENTWISCHEN, SO VERHEISST AUF EHRE TROLL BALD EUCH UNSRES DANKES ZOLL; IST EIN SCHELM...
...ZU HEISSEN WILLIG, WENN...
...DIES NICHT GESCHIEHT, WIE BILLIG.
NUN GUTE NACHT! DAS SPIEL ZU ENDEN, BEGRÜSST
UNS
MIT
GEWOGNEN
HÄNDEN
...
23

OHH..
WAR ES DENN EIN TRAUM, RICHARD?
EIN TRAUM, WILL? NEIN!
SIEH HER-- EIN BEUTEL GOLD.
EIN BEUTEL GELBER BLÜTEN. WIR...
...WURDEN BETROGEN.
NEIN, WIR WURDEN GUT BEZAHLT. WELCH AND'RE TRUPPE SPIELTE JE VOR SOLCH PUBLIKUM?
VATER! ICH HATTE EINEN SELTSAMEN TRAUM. DA WAR EINE DAME, DIE WOLLTE, DASS ICH SIE IN EIN FERNES LAND BEGLEITE...
NÄRRISCHE EINBILDUNG.
DU MUSST HEUTE AUF DEM KARREN DEINE HANDSCHRIFT ÜBEN, VIELLEICHT KÖNNTEST DU MUTTER ODER JUDITH EINEN BRIEF SCHREIBEN.
VORWÄRTS, IHR VAGABUNDEN! BEEILT EUCH!
AM SPÄTEN NACHMITTAG KÖNNEN WIR IN LEWES SEIN, DORT KENNE ICH EINEN GASTHOF, WO MAN FROH SEIN WIRD, EINE SCHAUSPIELTRUPPE MIT EINER NEUEN KOMÖDIE ZU SEHEN...
HAMNET SHAKESPEARE STARB 1596 IM ALTER VON ELF JAHREN.
ROBIN GOODFELLOWS GEGENWÄRTIGER AUFENTHALTSORT IST UNBEKANNT

i smoke a cigarette, and
i pretend i'm normal. and i
wish i were dead.
FAÇADE

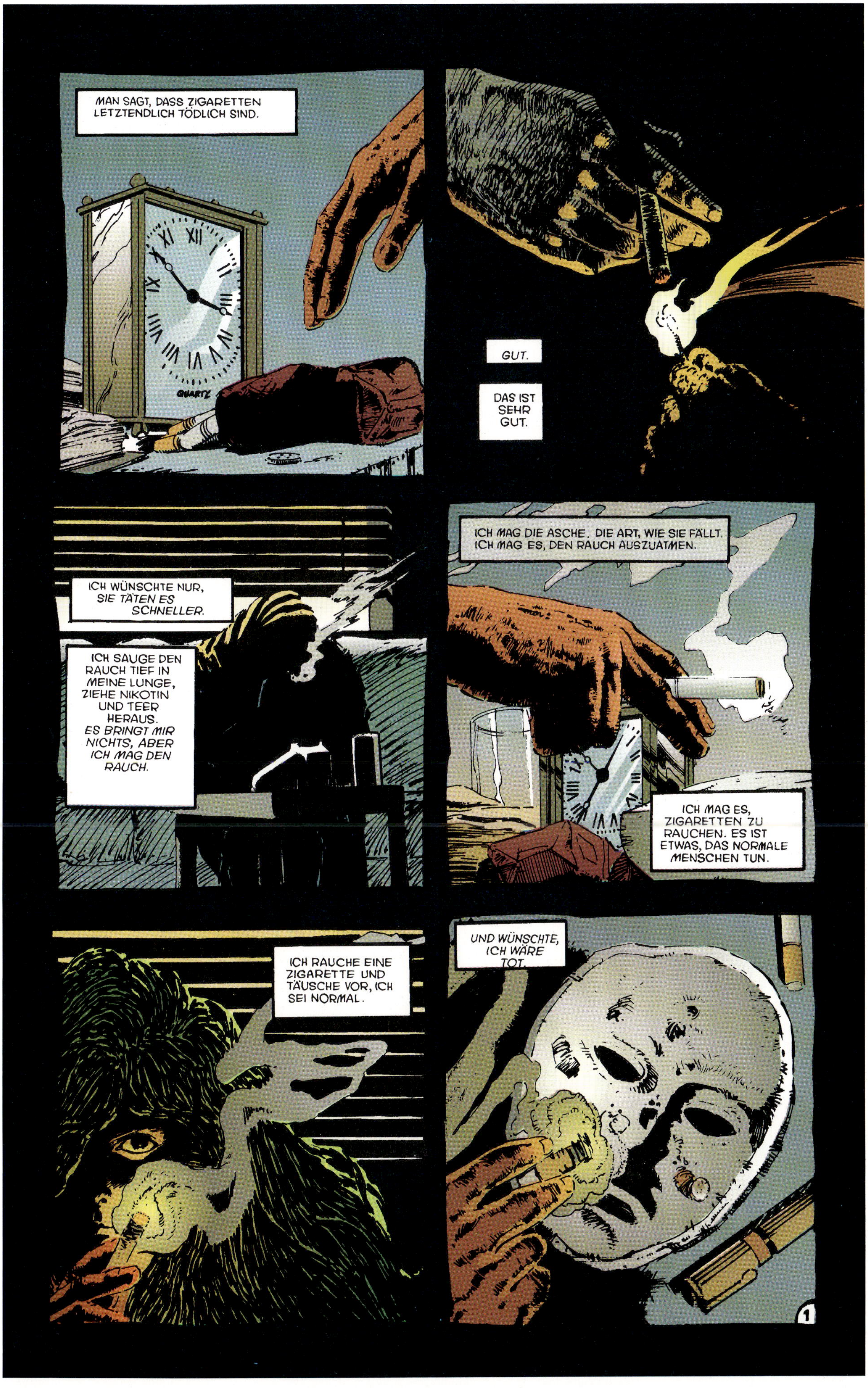
MAN SAGT, DASS ZIGARETTEN LETZTENDLICH TÖDLICH SIND.
QUARTZ
GUT.
DAS IST SEHR GUT.
ICH WÜNSCHTE NUR, SIE TÄTEN ES SCHNELLER.
ICH SAUGE DEN RAUCH TIEF IN MEINE LUNGE, ZIEHE NIKOTIN UND TEER HERAUS. ES BRINGT MIR NICHTS, ABER ICH MAG DEN RAUCH.
ICH MAG DIE ASCHE. DIE ART, WIE SIE FÄLLT. ICH MAG ES, DEN RAUCH AUSZUATMEN.
ICH MAG ES, ZIGARETTEN ZU RAUCHEN. ES IST ETWAS, DAS NORMALE MENSCHEN TUN.
ICH RAUCHE EINE ZIGARETTE UND TÄUSCHE VOR, ICH SEI NORMAL.
UND WÜNSCHTE, ICH WÄRE TOT.
1

ES IST 10:20. MULLIGAN MUSS JETZT DA SEIN.
HALLO? ANSCHLUSS 3440, BITTE.
3440.
MULLIGAN? ICH BIN ES, BLACKWELL.
OH. HALLO, RAINIE. WAS GIBT'S? WARST DU KÜRZLICH DRAUSSEN?
ÄH, NEIN.
MULLIGAN, ICH BIN WIRKLICH DEPRIMIERT.
TUT MIR LEID, DAS ZU HÖREN...
GESTERN FING ICH EINFACH AN ZU WEINEN. UND ICH KONNTE NICHT AUFHÖREN. ICH WEINTE EINFACH UND WEINTE UND WEINTE.
ÄHM.
ES TUT MIR LEID, DAS ALLES VOR DIR AUSZUBREITEN. ABER DU BIST DER EINZIGE MENSCH, DEN ICH HABE.
KEIN PROBLEM, RAINIE.
IST MEIN SCHECK FÜR DIESEN MONAT UNTERWEGS, MULLIGAN? ICH GLAUBE, ER HAT VERSPÄTUNG. WEISST DU, ES IST DIE EINZIGE POST, DIE ICH KRIEGE, AUSSER REKLAME.
DEIN SCHECK GEHT ERST AM LETZTEN MITTWOCH IM MONAT RAUS, RAINIE. DAS SOLLTEST DU LANGSAM WISSEN.
ICH GLAUBE, DAS HAB ICH VERGESSEN.
MULLIGAN? WIE SIEHST DU AUS?
WEISS NICH, RAINIE. IRGENDWIE NORMAL, NEHME ICH AN. BRAUNES HAAR. BRAUNE AUGEN. 1.70m. UND DU?
DU HAST DIE BILDER GESEHEN, NICHT WAHR? IN MEINER AKTE?
...JA.
SO SEHE ICH AUS.
DU WARST ECHT HÜBSCH. ICH MEINE VORHER. IN DEINER AKTE.
ICH KANN JETZT NOCH SO AUSSEHEN, MULLIGAN. ICH FÜHLE MICH SOGAR WIE FLEISCH AN, FAST KEIN UNTERSCHIED. EHRLICH. VIELLEICHT...
...KÖNNTEN WIR UNS MAL TREFFEN.
DAS IST KEINE GUTE IDEE, RAINIE. DU KENNST DIE FIRMEN-POLITIK.

JA. ICH KENNE DIE FIRMA.
ICH MUSS ZURÜCK AN DIE ARBEIT, RAINIE. DU BIST NICHT DER EINZIGE VETERAN, UM DEN ICH MICH KÜMMERN MUSS. ICH BEARBEITE DIE SCHECKS HEUTE NACHMITTAG.
WIR REDEN NÄCHSTE WOCHE, MULLIGAN.
CIAO, RAINIE.
ICH HÄTTE IHN NICHT ANRUFEN SOLLEN. NUN KANN ICH IHN EINE GANZE WOCHE NICHT ANRUFEN. ICH HÄTTE WARTEN SOLLEN. ES BIS NACH DEM ESSEN VERSCHIEBEN SOLLEN. VIELLEICHT HÄTTE ER NACH DEM ESSEN LÄNGER MIT MIR GESPROCHEN.
ICH FRAGE MICH, WIE ER AUSSIEHT.
ICH FRAGE MICH, WAS IN MEINER AKTE STEHT.
VIELLEICHT KÖNNTE ICH EINES NACHTS DORT HINAUFGEHEN, UND ...
WAS, WENN SIE MICH FANGEN? SIE WÜRDEN WÜTEND. SIE WÜSSTEN, DASS ICH ES WAR. SIE KÜRZTEN MEINE DIENSTUNFÄHIGKEITSRENTE.
NIEMAND WÜRDE MEHR MIT MIR REDEN.
DIE FIRMA. DIE FIRMA IST ALLES, WAS ICH HABE.
UND MULLIGAN IST ALLES, WAS MIR VON DER FIRMA GEBLIEBEN IST.
NIEMALS KOMMT JEMAND VORBEI. KEINER RUFT AN.
NIEMANDEN KÜMMERT ES.
3

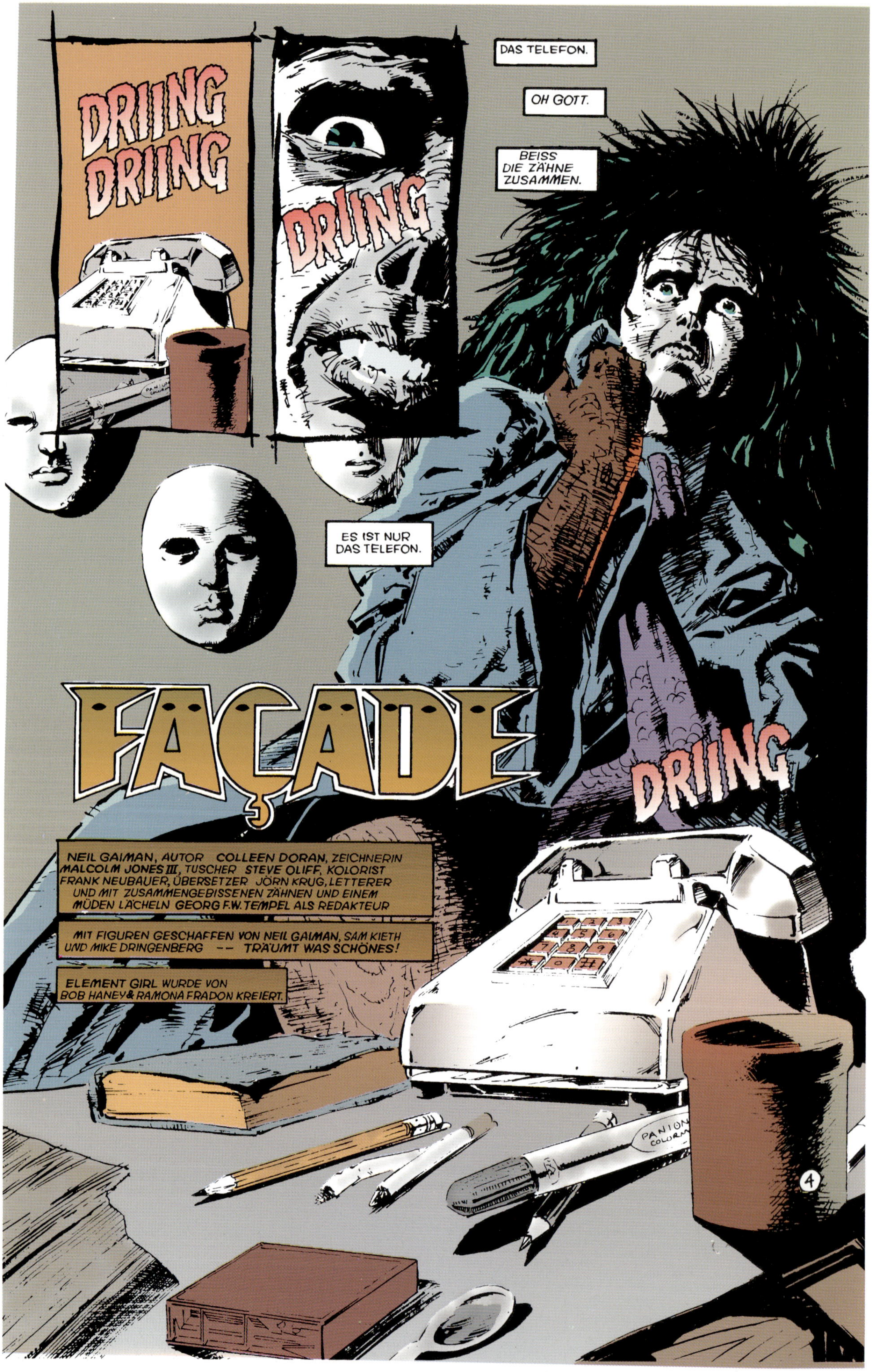
DRIING
DRIING
DRIING
DAS TELEFON.
OH GOTT.
BEISS DIE ZÄHNE ZUSAMMEN.
ES IST NUR DAS TELEFON.
FAÇADE
DRIING
NEIL GAIMAN, AUTOR COLLEEN DORAN, ZEICHNERIN
MALCOLM JONES III, TUSCHER STEVE OLIFF, KOLORIST
FRANK NEUBAUER, ÜBERSETZER JÖRN KRUG, LETTERER
UND MIT ZUSAMMENGEBISSENEN ZÄHNEN UND EINEM
MÜDEN LÄCHELN GEORG F.W. TEMPEL ALS REDAKTEUR
MIT FIGUREN GESCHAFFEN VON NEIL GAIMAN, SAM KIETH
UND MIKE DRINGENBERG -- TRÄUMT WAS SCHÖNES!
ELEMENT GIRL WURDE VON
BOB HANEY & RAMONA FRADON KREIERT.
4

H-HALLO?
IST DORT URANIA BLACKWELL?
JA. JA, DAS BIN ICH. WER IST DA?
RAINIE? HIER IST DELLA. DELLA KARIAKIS. ABER DU KANNTEST MICH ALS DELLA POTTER.
DELLA? ICH HABE DICH SEIT... WANN? VOR FÜNF JAHREN?
SEIT DEM KRYPTOGRAPHIE-KURS IN OREGON. ICH HAB DEINE NUMMER VON TRIANGEL. ER HAT SIE FÜR MICH AUS DEN ARCHIVEN AUSGEGRABEN.
TRIANGEL? IST ER NOCH IN DER FIRMA? UND DU? ICH MEINE, BIST DU NOCH AKTIV?
SICHER. ICH... ÄH... HÖRE, DU NICHT MEHR...
SO ÄHNLICH... PENSIONIERT. KÖRPERLICHE GRÜNDE.
DU WEISST, WIE DAS IST.
HÖR ZU, RAINIE, KÖNNTE ICH DICH SEHEN? ZUM ESSEN ODER SO? WENN DU NICHTS VOR HAST?...
ICH... ICH HABE NICHTS VOR.
TOLL. WAS IST MIT DIENSTAG? IM DA VINCI. WEISST DU -- DER ITALIENER IM EINKAUFSZENTRUM...
ICH WERD'S FINDEN.
GUT. DANN SEHEN WIR UNS DORT. CIAO.
UND ICH SITZE HIER. UND ICH ZÜNDE MIR EINE ZIGARETTE AN UND VERSUCHE AUFZUHÖREN, ZU ZITTERN.
ICH WERDE EINE GUTE MIENE 'AUFSETZEN'.
5

ICH HASSE ES, GESICHTER ZU MACHEN. DAVON MUSS ICH TRÄUMEN.
ICH HABE NUR ZWEI ARTEN VON TRÄUMEN: *DIE SCHLECHTEN UND DIE SCHRECKLICHEN.*
MIT DEN SCHLECHTEN KANN ICH UMGEHEN. ES SIND NUR ALPTRÄUME, UND SIE ENDEN IRGENDWANN.
ICH WACHE AUF.
DIE SCHRECKLICHEN TRÄUME SIND DIE GUTEN TRÄUME.
IN MEINEN SCHRECKLICHEN TRÄUMEN BIN ICH *IMMER* NOCH BEI DER FIRMA. *ICH SEHE NOCH AUS WIE ICH.* NICHTS AUS DEN VERGANGENEN FÜNF JAHREN IST JE PASSIERT.
MANCHMAL BIN ICH VERHEIRATET. EINMAL HATTE ICH SOGAR KINDER. ICH WUSSTE SOGAR IHRE NAMEN. *ALLES IST WUNDERBAR UND NORMAL.*
UND DANN WACHE ICH AUF. UND ICH BIN NOCH ICH.
ICH BIN NOCH HIER.
UND DAS IST WIRKLICH SCHRECKLICH.
UND DIESER TRAUM?
RAINIE, IN DIESER GRUFT IST DER DOOHICKEY, DER REX MASON IN EINEN SUPER-MANN VERWANDELT HAT.
DU GEHST ALS OFFIZIER DER FIRMA HINEIN, ABER DU WIRST ALS AMERIKANISCHE SUPER-FRAU FÜR ONKEL SAM HERAUSKOMMEN.
ICH HATTE NIE IRGENDWELCHE ONKEL, TRIANGLE.
IN MEINEM TRAUM RIECHT DIE GRUFT NACH NICHTS.
DAS LETZTE *MAL*, ALS ICH HIER HERUNTER KAM, ROCH ES NACH STAUB UND TOD.
DAS AUGE VON RA.
KOMM ZU MIR, TOCHTER.
ICH BIN RA. ICH BIN DIE SONNE UND DAS LEBEN. ICH WERDE AM MORGEN ALS KIND GEBOREN UND STERBE ZUR NACHT ALS ALTER MANN.
AUS MEINEM SPEICHEL UND DEM STAUB WURDE DIE MENSCHHEIT GESCHAFFEN, DIE ERDE ZU BEVÖLKERN UND DEN GÖTTERN ZU DIENEN.
6

DIES IST NIE GESCHEHEN. ES WAR DER STEIN. SO IST ES NICHT GEWESEN.
UND MENSCHLICHER LEHM KANN MIR IN MEINER EWIGEN SCHLACHT MIT APEP, DER GROSSEN SCHLANGE, HELFEN.
DIE TAPFEREN, DIE DIE GABE SUCHEN...
ICH VERSUCHE, IHN ANZUSCHREIEN, IHM ZU SAGEN, DASS ICH SEINE GABE NICHT WILL. ICH WILL NORMAL SEIN, ICH HABE MEINE MEINUNG GEÄNDERT.
ICH VERSUCH ES...
NICHTS GESCHIEHT. ICH BEKOMME KEINEN TON HERAUS.
ICH HABE ES NICHT VERHINDERN KÖNNEN.
NICHT EINMAL IN MEINEN TRÄUMEN KANN ICH SIEGEN.
ICH HABE ES NIE GEWOLLT.
ICH GING, WOHIN SIE MICH SCHICKTEN, UND TAT, WAS SIE MIR BEFAHLEN.
WAR DAS SO SCHLIMM?
ICH HASSE TRÄUME.
ICH WILL KEINE TRÄUME MEHR.
ICH WILL ÜBERHAUPT NICHTS MEHR...
7

MAN KÖNNTE MEINEN, DASS WENN MAN SICH IN ALLES VERWANDELN KANN, ES DAS EINFACHSTE DER WELT WÄRE, FLEISCH ZU WERDEN. RICHTIG?
NEIN.
ICH HABE ES EINMAL VERSUCHT. NIE WIEDER!
ICH KONNTE DEN GERUCH WOCHENLANG NICHT LOSWERDEN...
SO FAULIG.
SILIKATGESICHTER SIND EINFACHER ZU HANDHABEN. NA GUT, NACH EINEM TAG FALLEN SIE AUCH WIEDER AB.
SIE VERFAULEN WENIGSTENS NICHT.
MAN KANN DIE LEEREN GESICHTER FÜR NÜTZLICHE DINGE VERWENDEN. DINGE, ...
... DIE NORMALE MENSCHEN HABEN.
ECHTES HAAR ZU FÄLSCHEN IST EINFACH. ICH BENUTZE METALLE.
SOLANGE ES NIEMAND BERÜHRT, SIEHT ES GUT AUS.
DAS TUT NIEMAND.
ALLES ANDERE VERDECKT MAN EINFACH.
8
MAN KANN SO VIEL VERDECKEN.
O.K., ZEIT, DER WELT INS GESICHT ZU SEHEN.
MIR IST ÜBEL.

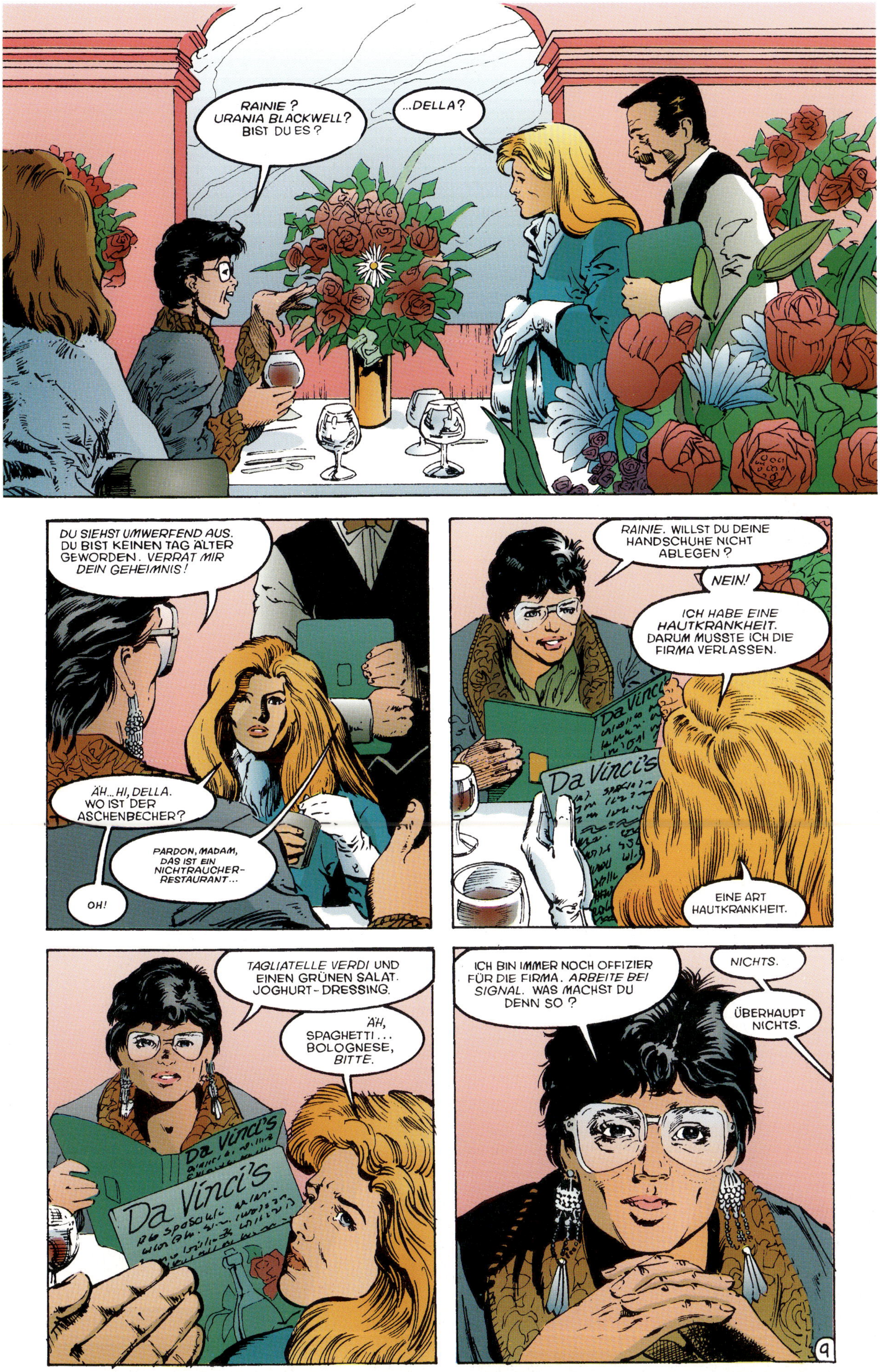
RAINIE? URANIA BLACKWELL? BIST DU ES?
...DELLA?
DU SIEHST UMWERFEND AUS. DU BIST KEINEN TAG ÄLTER GEWORDEN. VERRAT MIR DEIN GEHEIMNIS!
ÄH... HI, DELLA. WO IST DER ASCHENBECHER?
PARDON, MADAM, DAS IST EIN NICHTRAUCHER-RESTAURANT...
OH!
RAINIE. WILLST DU DEINE HANDSCHUHE NICHT ABLEGEN?
NEIN!
ICH HABE EINE HAUTKRANKHEIT. DARUM MUSSTE ICH DIE FIRMA VERLASSEN.
Da Vinci's
EINE ART HAUTKRANKHEIT.
TAGLIATELLE VERDI UND EINEN GRÜNEN SALAT. JOGHURT-DRESSING.
ÄH, SPAGHETTI... BOLOGNESE, BITTE.
Da Vinci's
ICH BIN IMMER NOCH OFFIZIER FÜR DIE FIRMA. ARBEITE BEI SIGNAL. WAS MACHST DU DENN SO?
NICHTS.
ÜBERHAUPT NICHTS.
9

DER GRUND, WARUM ICH MIT DIR REDEN WOLLTE, IST, DASS DU EINE FREUNDIN BIST. UND NICHT BEI DER FIRMA.
ES GIBT NIEMANDEN BEIM CIA, MIT DEM ICH REDEN KÖNNTE. ES IST NICHTS SCHLIMMES.
ES IST NUR... ICH BIN SCHWANGER.
DER VATER -- NUN, WIR SIND WIRKLICH VERLIEBT, ABER ER IST IN EINER ANDEREN ABTEILUNG. UND ER IST NOCH VERHEIRATET.
ER WIRD SICH SCHEIDEN LASSEN. ABER BIS DAHIN MUSS ES GEHEIM BLEIBEN.
ABER WENN ICH NICHT DARÜBER REDE, PLATZE ICH. ICH EXPLODIERE. DU BIST MEINE ÄLTESTE FREUNDIN, UND DU GEHÖRST NICHT MEHR ZUR FIRMA, ABER...
ICH BIN SO VERWIRRT, RAINIE. DU MUSST VERSPRECHEN, ES NIEMANDEM ZU ERZÄHLEN.
ICH... ICH REDE KAUM MIT JEMANDEM. ICH WERDE ES NIEMANDEM SAGEN...
OH GOTT! RAINIE, SIEH DIR DAS AN! SO ETWAS MACHT MICH VERRÜCKT.
ICH BIN 36, UND DIES IST MEIN ERSTES BABY. WAS, WENN ES SO WIRD?
WAS, WENN ES EIN FREAK IST?
DAS SIND MENSCHEN, DELLA. KEINE FREAKS.
ES IST NICHT SO, DASS ICH ETWAS GEGEN SIE HABE. ICH BEKOMME NUR EINE GÄNSEHAUT.
10

ICH WEISS NICHT. WAS, DENKST DU, SOLL ICH TUN? ICH MEINE... RAINIE ?! ...
WAS IST MIT DEINEM GESICHT?
RAINIE?
ES TUT MIR LEID, DELLA...
...TUT MIR SO LEID.
ÄH, IST MIT IHRER FREUNDIN ALLES IN ORDNUNG?
HAUTKRANKHEIT.
SIE HAT EINE HAUTKRANKHEIT...
11

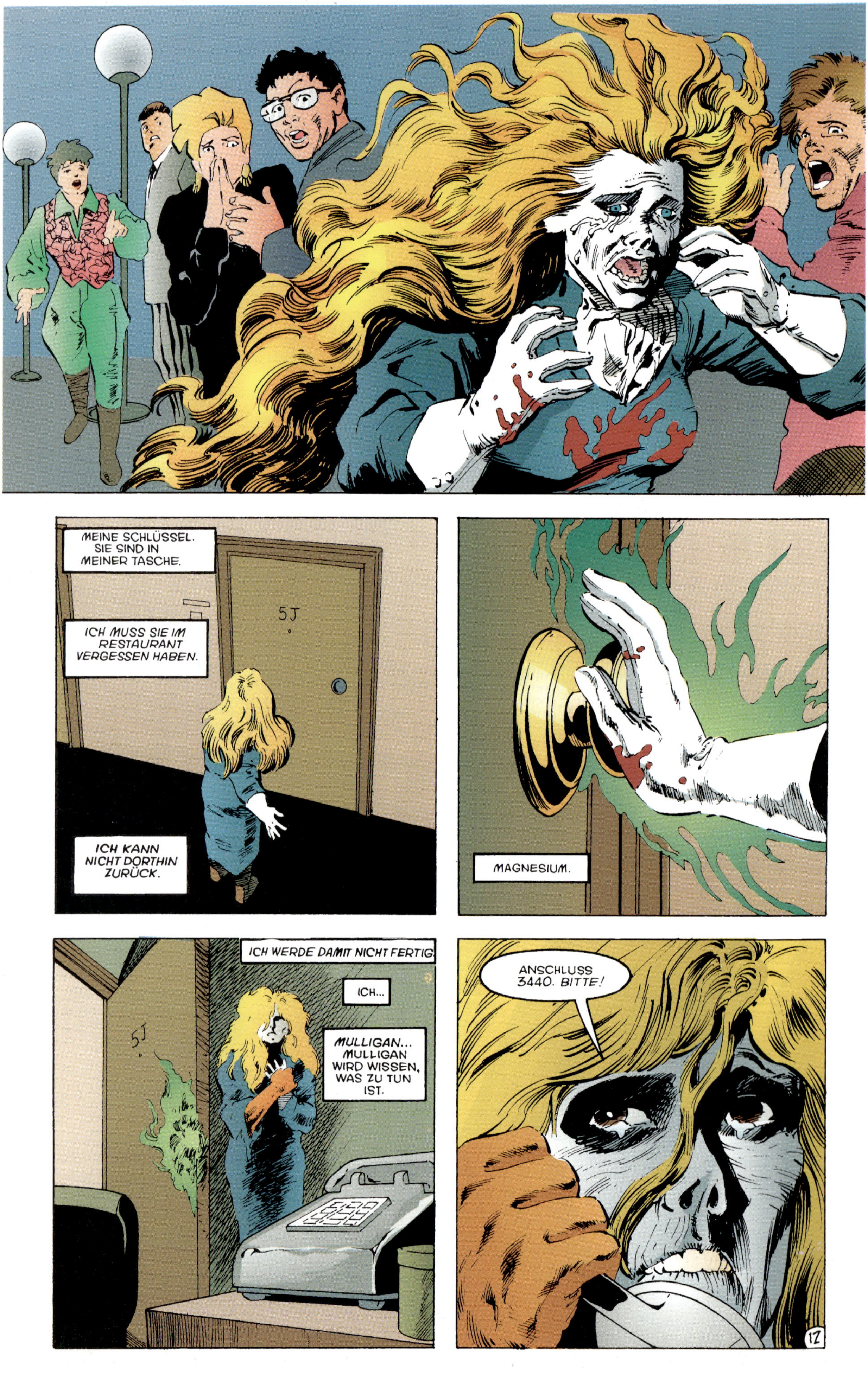
MEINE SCHLÜSSEL. SIE SIND IN MEINER TASCHE.
ICH MUSS SIE IM RESTAURANT VERGESSEN HABEN.
ICH KANN NICHT DORTHIN ZURÜCK.
MAGNESIUM.
ICH WERDE DAMIT NICHT FERTIG
ICH...
MULLIGAN... MULLIGAN WIRD WISSEN, WAS ZU TUN IST.
ANSCHLUSS 3440. BITTE!
17

3440? MULLIGAN, BITTE.
TUT MIR LEID. MISTER MULLIGAN IST IN EINE ANDERE ABTEILUNG VERSETZT WORDEN.
NEIN! ABER ER MUSS DA SEIN. ER MUSS DA SEIN!
SAGEN SIE IHM, ICH BIN'S, URANIA BLACKWELL... ICH MUSS MIT IHM REDEN -- BITTE!
TUT MIR LEID. MISTER MULLIGAN IST NICHT MEHR HIER. KANN IHNEN JEMAND ANDERER HELFEN?
NEIN.
VIELEN DANK.
WOZU TRAGE ICH DIESEN MIST NOCH?
NITROGEN.
ICH FÜHRE SELBSTGESPRÄCHE. ICH GLAUBE, ICH WERDE VERRÜCKT.
ICH BIN SCHON LANGE VERRÜCKT.
13

ICH BRINGE MICH UM.
WIE?
VERDAMMT, WIE?
14

ÄH... HALLO.
MÖCHTEST DU DARÜBER REDEN?
15

WER SIND SIE? WIE SIND SIE REINGEKOMMEN?
DIE TÜR WAR OFFEN. ICH HÖRTE DICH WEINEN.
TUT MIR LEID, WENN ICH DICH GESTÖRT HABE.
DU SAHST AUS, ALS WÜRDEST DU JEMANDEN ZUM REDEN BRAUCHEN.
ICH...
VIELLEICHT ...JA.
TUT MIR LEID.
ZIGARETTE?
NEE, DANKE. NETTER...
ASCHENBECHER.
DAS... DAS IST KEIN ASCHENBECHER. ICH MEINE, ES IST EINER.
ABER ES IST AUCH MEIN GESICHT.
WISSEN SIE, MANCHMAL MUSS ICH AUCH NORMAL AUSSEHEN, UND DANN LASSE ICH MIR GESICHTER WACHSEN.
ABER SIE TROCKNEN AUS UND FALLEN AB. ICH KANN SIE NICHT WEGWERFEN. SIE SIND EIN TEIL VON MIR.
ALSO BEHALT ICH SIE.
DAS...
...DAS MACHT WAHRSCHEINLICH WENIG SINN.
16

DOCH. ES ERGIBT SINN.
IHR MENSCHEN HALTET IMMER AN ALTEN IDENTITÄTEN, ALTEN GESICHTERN UND MASKEN FEST, LANGE NACHDEM SIE IHREN ZWECK ERFÜLLT HABEN.
IHR MÜSST LERNEN, DIE DINGE LETZTENDLICH WEGZUWERFEN...
OHHHH.
HH...AAH, HHOOAHH UHH...
HEY? SCHON O.K. TUT MIR LEID...
ICH HAB HIER IRGENDWO EIN TEMPO. DA, BITTE!
OHHH. HH...SNF...HH.
HAB ICH WAS GESAGT ?
ES... ES IST NUR..., WAS DU ÜBER DAS WEGWERFEN VON DINGEN GES... GESAGT HAST...
ICH WILL STERBEN. ICH WILL MICH UMBRINGEN. UND...
... ICH KANN ES NICHT.
NICHT, WEIL ICH ANGST HABE, MICH ZU TÖTEN.
ICH... ICH FÜRCHTE MICH VOR VIELEN DINGEN.
ICH ERSCHRECKE VOR GERÄUSCHEN IN DER NACHT, FÜRCHTE MICH VOR TELEFONEN UND GESCHLOSSENEN TÜREN, FÜRCHTE MICH VOR LEUTEN, VOR ALLEM, NUR NICHT...
...VORM TOD.
ICH MÖCHTE STERBEN.
ICH WEISS NUR NICHT WIE...
17

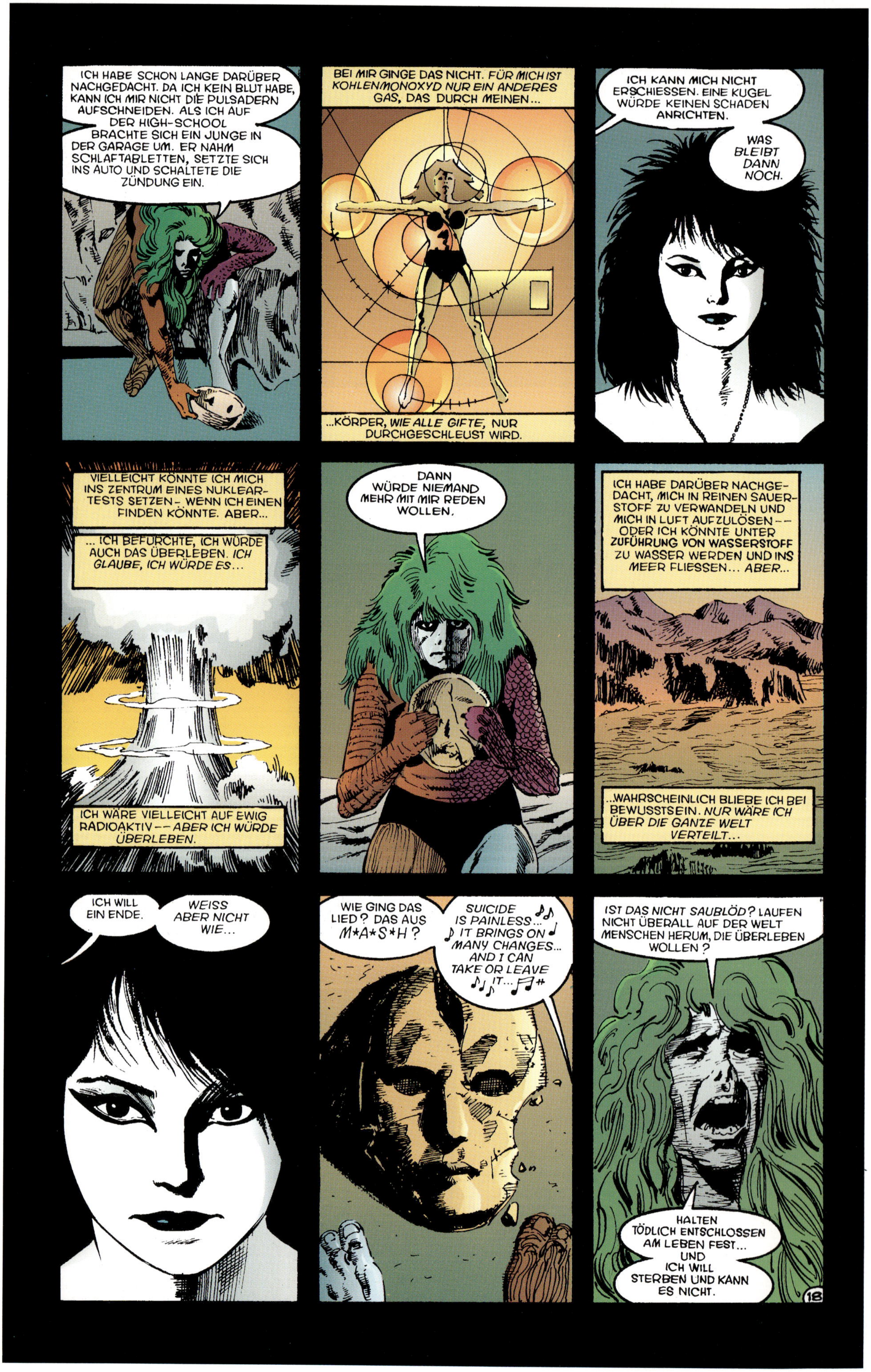
ICH HABE SCHON LANGE DARÜBER NACHGEDACHT. DA ICH KEIN BLUT HABE, KANN ICH MIR NICHT DIE PULSADERN AUFSCHNEIDEN. ALS ICH AUF DER HIGH-SCHOOL BRACHTE SICH EIN JUNGE IN DER GARAGE UM. ER NAHM SCHLAFTABLETTEN, SETZTE SICH INS AUTO UND SCHALTETE DIE ZÜNDUNG EIN.
BEI MIR GINGE DAS NICHT. FÜR MICH IST KOHLENMONOXYD NUR EIN ANDERES GAS, DAS DURCH MEINEN...
...KÖRPER, WIE ALLE GIFTE, NUR DURCHGESCHLEUST WIRD.
ICH KANN MICH NICHT ERSCHIESSEN. EINE KUGEL WÜRDE KEINEN SCHADEN ANRICHTEN.
WAS BLEIBT DANN NOCH.
VIELLEICHT KÖNNTE ICH MICH INS ZENTRUM EINES NUKLEAR-TESTS SETZEN– WENN ICH EINEN FINDEN KÖNNTE. ABER...
... ICH BEFÜRCHTE, ICH WÜRDE AUCH DAS ÜBERLEBEN. ICH GLAUBE, ICH WÜRDE ES...
ICH WÄRE VIELLEICHT AUF EWIG RADIOAKTIV-- ABER ICH WÜRDE ÜBERLEBEN.
DANN WÜRDE NIEMAND MEHR MIT MIR REDEN WOLLEN.
ICH HABE DARÜBER NACHGEDACHT, MICH IN REINEN SAUERSTOFF ZU VERWANDELN UND MICH IN LUFT AUFZULÖSEN-- ODER ICH KÖNNTE UNTER ZUFÜHRUNG VON WASSERSTOFF ZU WASSER WERDEN UND INS MEER FLIESSEN... ABER...
...WAHRSCHEINLICH BLIEBE ICH BEI BEWUSSTSEIN. NUR WÄRE ICH ÜBER DIE GANZE WELT VERTEILT...
ICH WILL EIN ENDE.
WEISS ABER NICHT WIE...
WIE GING DAS LIED? DAS AUS M*A*S*H?
SUICIDE IS PAINLESS... IT BRINGS ON MANY CHANGES... AND I CAN TAKE OR LEAVE IT...
IST DAS NICHT SAUBLÖD? LAUFEN NICHT ÜBERALL AUF DER WELT MENSCHEN HERUM, DIE ÜBERLEBEN WOLLEN?
HALTEN TÖDLICH ENTSCHLOSSEN AM LEBEN FEST... UND ICH WILL STERBEN UND KANN ES NICHT.
18

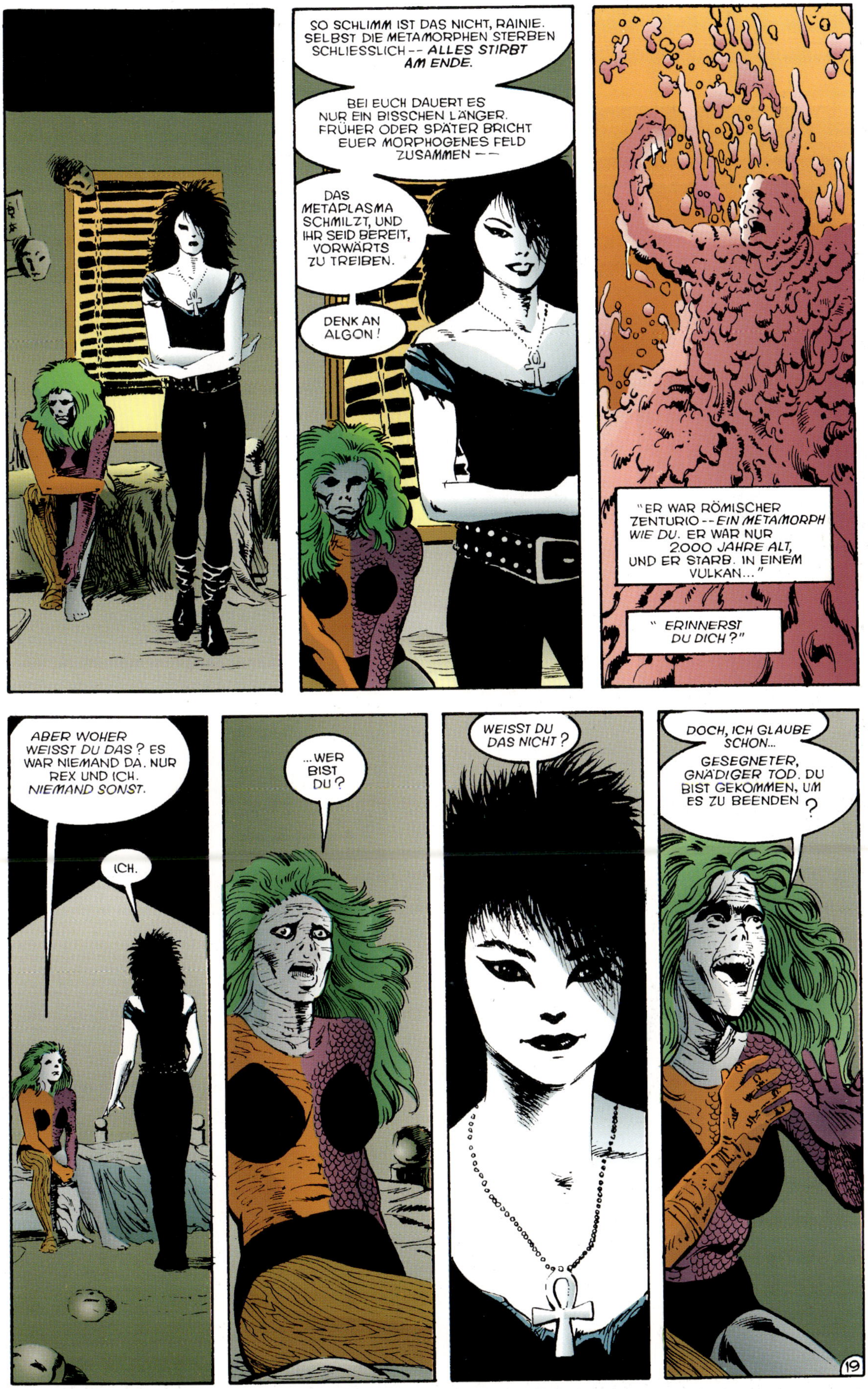
SO SCHLIMM IST DAS NICHT, RAINIE. SELBST DIE METAMORPHEN STERBEN SCHLIESSLICH -- ALLES STIRBT AM ENDE.
BEI EUCH DAUERT ES NUR EIN BISSCHEN LÄNGER. FRÜHER ODER SPÄTER BRICHT EUER MORPHOGENES FELD ZUSAMMEN --
DAS METAPLASMA SCHMILZT, UND IHR SEID BEREIT, VORWÄRTS ZU TREIBEN.
DENK AN ALGON!
"ER WAR RÖMISCHER ZENTURIO -- EIN METAMORPH WIE DU. ER WAR NUR 2000 JAHRE ALT, UND ER STARB. IN EINEM VULKAN..."
"ERINNERST DU DICH?"
ABER WOHER WEISST DU DAS? ES WAR NIEMAND DA. NUR REX UND ICH. NIEMAND SONST.
ICH.
...WER BIST DU?
WEISST DU DAS NICHT?
DOCH, ICH GLAUBE SCHON...
GESEGNETER, GNÄDIGER TOD. DU BIST GEKOMMEN, UM ES ZU BEENDEN?
19

NEIN. ICH BIN NICHT WEGEN DIR HIER, RAINIE.
OBEN WAR EINE FRAU, DIE IM KINDERZIMMER DIE GLÜHBIRNE WECHSELTE. DIE LEITER RUTSCHTE...
WIE ICH SAGTE: ICH KAM VORBEI UND HÖRTE DICH WEINEN, NAJA, DIE TÜR WAR OFFEN...
EGAL: ICH BIN NICHT GESEGNET ODER GNÄDIG. ICH HABE EINEN JOB, UND DEN ERLEDIGE ICH.
SELBST WÄHREND WIR REDEN, BIN ICH DA FÜR DIE ALTEN UND JUNGEN, FÜR DIE SCHULDIGEN UND UNSCHULDIGEN, FÜR JENE, DIE GEMEINSAM STERBEN, UND SOLCHE, DIE EINSAM STERBEN.
ICH BIN IN AUTOS, BOOTEN UND FLUGZEUGEN; IN KRANKENHÄUSERN, WÄLDERN UND SCHLACHTHÖFEN.
FÜR MANCHE IST DER TOD EINE BEFREIUNG, FÜR ANDERE EIN GREUEL, EINE SCHRECKLICHE SACHE.
ABER AM ENDE BIN ICH FÜR SIE ALLE DA.
IN WESTAFRIKA WIRD EIN DORF IM AUFTRAG DER EIGENEN REGIERUNG VON SÖLDNERN MASSAKRIERT. ICH BIN DORT.
IN EINER WEIT ENTFERNTEN GALAXIE WIRD EIN PLANET VON INNEREM DRUCK ZERRISSEN; DER PLANET WAR DAS ZUHAUSE KRISTALLINER INTELLIGENZEN, DIE FRIEDLICH, EDEL UND SCHÖN WAREN... AUCH DORT BIN ICH...
ICH BIN AN ALL DIESEN ORTEN, UND EBENSO REDE ICH HIER MIT DIR.
ABER ICH BIN NICHT DEIN TOD. JEDENFALLS...
...NOCH NICHT.
ALS DAS ERSTE LEBEWESEN EXISTIERTE, WAR ICH DA UND WARTETE.
WENN DAS LETZTE LEBEWESEN STIRBT, WIRD MEINE ARBEIT GETAN SEIN.
ICH WERDE DIE STÜHLE AUF DEN TISCH STELLEN, DIE LICHTER LÖSCHEN UND DAS UNIVERSUM HINTER MIR SCHLIESSEN, WENN ICH GEHE.
ICH WEISS NICHT, OB ICH DAS ALLES VERSTEHE...
HEISST DAS, DU WILLST MIR NICHT HELFEN? IST ES DAS? HABE ICH NOCH 2.000 JAHRE ALS FREAK?
2.000 JAHRE...
...DER HÖLLE ?!
20

DU SCHAFFST DIR DEINE EIGENE HÖLLE.
NA GUT. WENN DU WILLST, WERDE ICH DIR HELFEN.
DAS HABE ICH DAVON, WENN ICH MICH EINMISCHE.
DU TÖTEST MICH? NIMMST MEIN LEBEN? GIBST MIR VERGESSEN?
DEIN LEBEN GEHÖRT DIR, RAINIE, WIE AUCH DEIN TOD.
UND VERGESSEN? ICH FÜRCHTE, DAS STEHT NICHT ZUR WAHL.
HMM.
MYTHOLOGIEN BRAUCHEN LÄNGER ZUM STERBEN, ALS DIE LEUTE GLAUBEN. SIE VERWEILEN IN EINEM TRAUMLAND, DAS EUCH ALLE BEEINFLUSST.
WAS WEISST DU ÜBER RA?
ER WAR EIN SONNENGOTT. IM ALTEN ÄGYPTEN.
JA. STIMMT.
ER HAT BESSERE ZEITEN GESEHEN. ER ERSCHAFFT NOCH IMMER METAMORPHE, OBWOHL DIE SCHLACHT, DIE SIE KÄMPFTEN, SEIT JAHRTAUSENDEN BEENDET IST.
ES IST SEIN EWIGER KAMPF GEGEN APEP, DIE SCHLANGE, DIE NIEMALS STIRBT.
BLÖD. ICH SAGTE ZU IHM, "DIE UNSTERBLICHE SCHLANGE IST TOT. ICH NAHM SIE MIR VOR 3.000 JAHREN. DIE UNENDLICHE SCHLACHT IST BEENDET..."
WENN DU WIRKLICH STERBEN WILLST, SOLLTEST DU MIT IHM REDEN.
21

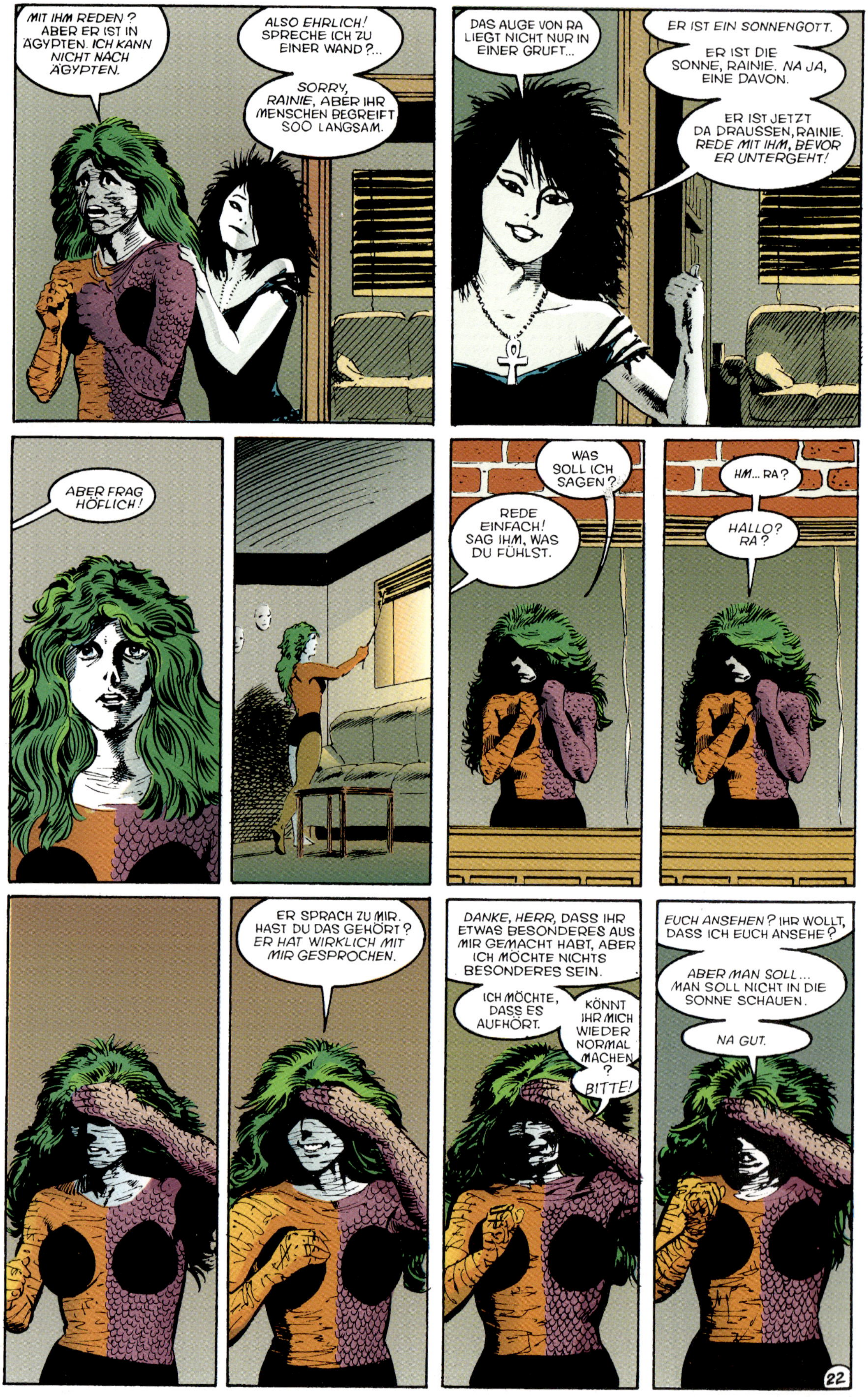

MIT IHM REDEN? ABER ER IST IN ÄGYPTEN. ICH KANN NICHT NACH ÄGYPTEN.
ALSO EHRLICH! SPRECHE ICH ZU EINER WAND?...
SORRY, RAINIE, ABER IHR MENSCHEN BEGREIFT SOO LANGSAM.
DAS AUGE VON RA LIEGT NICHT NUR IN EINER GRUFT...
ER IST EIN SONNENGOTT.
ER IST DIE SONNE, RAINIE. NA JA, EINE DAVON.
ER IST JETZT DA DRAUSSEN, RAINIE. REDE MIT IHM, BEVOR ER UNTERGEHT!
ABER FRAG HÖFLICH!
WAS SOLL ICH SAGEN?
REDE EINFACH! SAG IHM, WAS DU FÜHLST.
HM... RA?
HALLO? RA?
ER SPRACH ZU MIR. HAST DU DAS GEHÖRT? ER HAT WIRKLICH MIT MIR GESPROCHEN.
DANKE, HERR, DASS IHR ETWAS BESONDERES AUS MIR GEMACHT HABT, ABER ICH MÖCHTE NICHTS BESONDERES SEIN.
ICH MÖCHTE, DASS ES AUFHÖRT.
KÖNNT IHR MICH WIEDER NORMAL MACHEN? BITTE!
EUCH ANSEHEN? IHR WOLLT, DASS ICH EUCH ANSEHE?
ABER MAN SOLL... MAN SOLL NICHT IN DIE SONNE SCHAUEN.
NA GUT.
22

... DIE SONNE.
RALEIGH HOTEL
ICH HAB ES NIE BEMERKT.
DIE SONNE IST AUCH NUR EINE MASKE. UND DAS GESICHT DAHINTER...
ES IST WUNDERSCHÖN.

VIEL SPASS, RAINIE!
MEHR GLÜCK BEIM NÄCHSTEN MAL.
DRIING DRIING
HI?
RAINIE?-- ICH BEFÜRCHTE, DIE IST WEGGEGANGEN.
WO SIE JETZT IST? DA MÖCHTE ICH MICH NICHT FESTLEGEN.
NEIN, HIER LEBT SIE NICHT MEHR.
NEIN, MISTER MULLIGAN. ICH KANN IHR WIRKLICH NICHTS AUSRICHTEN TUT MIR LEID.
WER ICH BIN? EINE FREUNDIN. MANCHMAL. VIELLEICHT.
ICH WAR WOHL KEINE HILFE.
WIR SEHEN UNS...

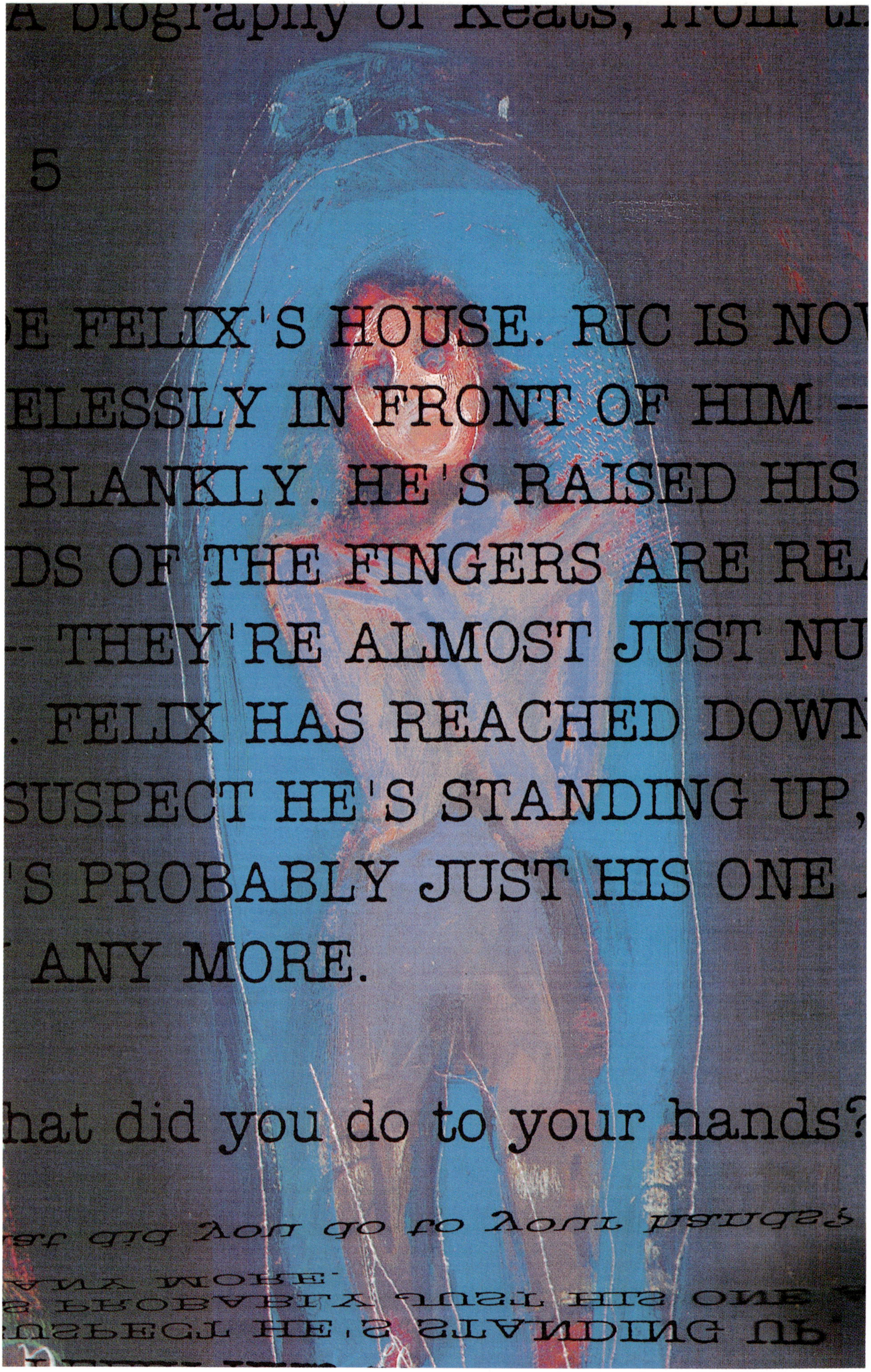
A biography of Keats, from th
5
E FELIX'S HOUSE. RIC IS NOV
ELESSLY IN FRONT OF HIM --
BLANKLY. HE'S RAISED HIS
DS OF THE FINGERS ARE REA
-- THEY'RE ALMOST JUST NU
. FELIX HAS REACHED DOWN
SUSPECT HE'S STANDING UP,
'S PROBABLY JUST HIS ONE
ANY MORE.
hat did you do to your hands?

HALLO.
AUF DEN FOLGENDEN SEITEN FINDEST DU ZIEMLICH WICHTIGE INFORMATIONEN ÜBER -- *NUN, HAUPTSÄCHLICH* ÜBER SEX.
ES IST SELBSTVERSTÄNDLICH MÖGLICH, DASS DU NICHT DARAN INTERESSIERT BIST. GENAUSO IST ES MÖGLICH, DASS DU ANSTOSS NIMMST AN DER ERWÄHNUNG, DASS MENSCHEN DINGE UNTER IHRER KLEIDUNG HABEN, GANZ ZU SCHWEIGEN, DAVON, DASS SIE DAMIT ETWAS INTERESSANTES TUN.
DIESER COMIC BEINHALTET WORTE, BEGRIFFE UND VIELLEICHT EIN PAAR BILDER, DIE EINIGE LEUTE ALS ANSTÖSSIG EMPFINDEN KÖNNTEN.
WENN DU VERMUTEST, SELBST ZU DIESEN LEUTEN ZU GEHÖREN, *GIBT ES EINE EINFACHE LÖSUNG:*
LIES NICHT WEITER! SO LEICHT IST DAS ...
LIES EINFACH NICHT WEITER!
IM GRUNDE KÖNNTE ES HÖCHSTENS DEIN LEBEN RETTEN.

DAS LEBEN – ICH GLAUBE NICHT, DASS ICH DIE ERSTE BIN, DIE DIESEN VERGLEICH ANSTELLT – IST EINE KRANKEIT: SEXUELL ÜBERTRAGBAR UND STETS TÖDLICH.
ICH VERMUTE, SO WEIT IST DAS RICHTIG. ICH MEINE, OHNE SEX GIBT ES KEIN LEBEN. ABER WENN DAS LEBEN ERST EINMAL BEGINNT, GIBT ES EINE MENGE DINGE, AUF DIE MAN AUFPASSEN MUSS.
DARUM BIN ICH HEUTE HIER. ES GEHT UM INFORMATIONEN. WENN DU AUFPASST, ERHÖHT DIES DEINE CHANCEN AUF EIN LÄNGERES LEBEN -- FÜNFZIG, SECHZIG JAHRE VIELLEICHT, WENN DU GLÜCK HAST.
WENN DIR DAS WICHTIG IST, HÖR ZU. WÄHREND DER LETZTEN ZEHN JAHRE BREITETE SICH EINE KRANKHEIT AUS UND LIESS IHRE WIRKUNG AUF DER GANZEN WELT SPÜREN. ICH SPRECHE VON AIDS. AIDS WIRD DURCH SEX ÜBERTRAGEN.
DAS KRANKHEITSRISIKO BEI SEXUELL ÜBERTRAGBAREN KRANKHEITEN IST NICHT SEHR HOCH. ICH MEINE, MAN BEKOMMT SCHON EINEN SCHNUPFEN, WENN MAN NUR MIT JEMANDEM IN EINEM RAUM IST, DER EINEN HAT.
VIELE VON IHNEN KÖNNEN SCHNELL DURCH ANTIBIOTIKA BEHANDELT WERDEN. SO WIE DIE DINGE LIEGEN, EIN WIRKLICH GROSSER FORTSCHRITT. SIE SIND AUCH VERHÄLTNISMÄSSIG SELTEN.
ICH ERINNERE MICH, DASS DIE SYPHILIS SOWEIT VERBREITET WAR, DASS ES ZU EINEM MODE-BEKENNTNIS WURDE, SIE ZU HABEN -- DIE LEUTE KLEBTEN SCHÖNHEITSFLECKEN AUF IHR GESICHT, UM DIE NARBEN ZU VERDECKEN.
BALD TAT ES JEDER.
EGAL. AIDS STEHT FÜR DIE ERWORBENE SCHWÄCHUNG DES IMMUNSYSTEMS. ES IST KEINE KRANKHEIT, DIE DICH TÖTET. ES IST EINE KRANKHEIT, DIE DEIN IMMUNSYSTEM ZERSTÖRT UND ES FÜR DEINEN KÖRPER ZUNEHMEND SCHWIERIGER MACHT, ANSTECKUNGEN ZU BEKÄMPFEN.
DIESE KRANKHEITEN TÖTEN DICH.

(1)

DIE MEISTEN WISSENSCHAFTLER GLAUBEN, DASS AIDS DURCH DEN HIV-VIRUS AUSGELÖST WIRD. DER AIDS-TEST TESTET NICHT AUF AIDS, SONDERN WEIST ANTIKÖRPER ZUM HIV-VIRUS NACH.
ALSO REDEN WIR DARÜBER, WIE MAN ES BEKOMMT. DU KRIEGST AIDS, WENN DU MIT EINER INFIZIERTEN PERSON BLUT ODER SAMEN AUSTAUSCHST.
VERSTANDEN? DU KRIEGST ES NICHT VOM HÄNDESCHÜTTELN ODER DADURCH, DASS DU AM SELBEN ORT BIST WIE JEMAND MIT AIDS.
DU KANNST VON IHREM TELLER ESSEN ODER IHRE KLAMOTTEN TRAGEN.
DU BEKOMMST ES DURCH INTIMKONTAKT.
DAS HÖCHSTE RISIKO LIEGT BEI BLUT-ZU-BLUT-KONTAKTEN -- ZUM BEISPIEL, WENN MAN GEMEINSAME SPRITZEN BENUTZT.
DAVOR KANN MAN SICH LEICHT SCHÜTZEN: KEINE SPRITZEN TEILEN! SO EINFACH IST DAS...
WENN DU DUMM ODER VERZWEIFELT GENUG BIST, UM DIE NADEL VON JEMAND ANDEREM ZU BENUTZEN, DANN SÄUBERE NADEL UND SPRITZE GUT, BENUTZE HAUSHALTSREINIGER UND SPÜLE MIT WASSER. WENN DU IN EINEM STAAT ODER LAND LEBST, DAS EIN LEGALES NADEL-TAUSCHPROGRAMM HAT, BENUTZE ES.
WENN ES UM SEX, LIEGT DAS HÖCHSTE RISIKO BEI UNGESCHÜTZTEM ANALSEX.
UNGESCHÜTZTER VAGINALSEX IST AUCH...
...RISKANT. ORALSEX IST GENAUSO RISKANT. KÜSSEN IST ZIEMLICH SICHER.
UMARMEN IST SICHER WIE DIE BANK. BRIEFE SCHREIBEN IST SO SICHER WIE NUR MÖGLICH.
AIDS SIEHT MAN DEN LEUTEN NICHT AN. RED DIR NICHT EIN, DASS NUR BESTIMMTE AIDS BEKOMMEN. DIE EINZIGEN LEUTE, DIE AIDS KRIEGEN -- SIND MENSCHEN.
DIE HAUTFARBE IST NICHT WICHTIG, ...
...GENAUSOWENIG OB DU EIN MANN ODER EINE FRAU BIST, EGAL OB SCHWUL ODER HETERO, KRANK ODER GESUND. DAS ALTER SPIELT AUCH KEINE ROLLE.
2

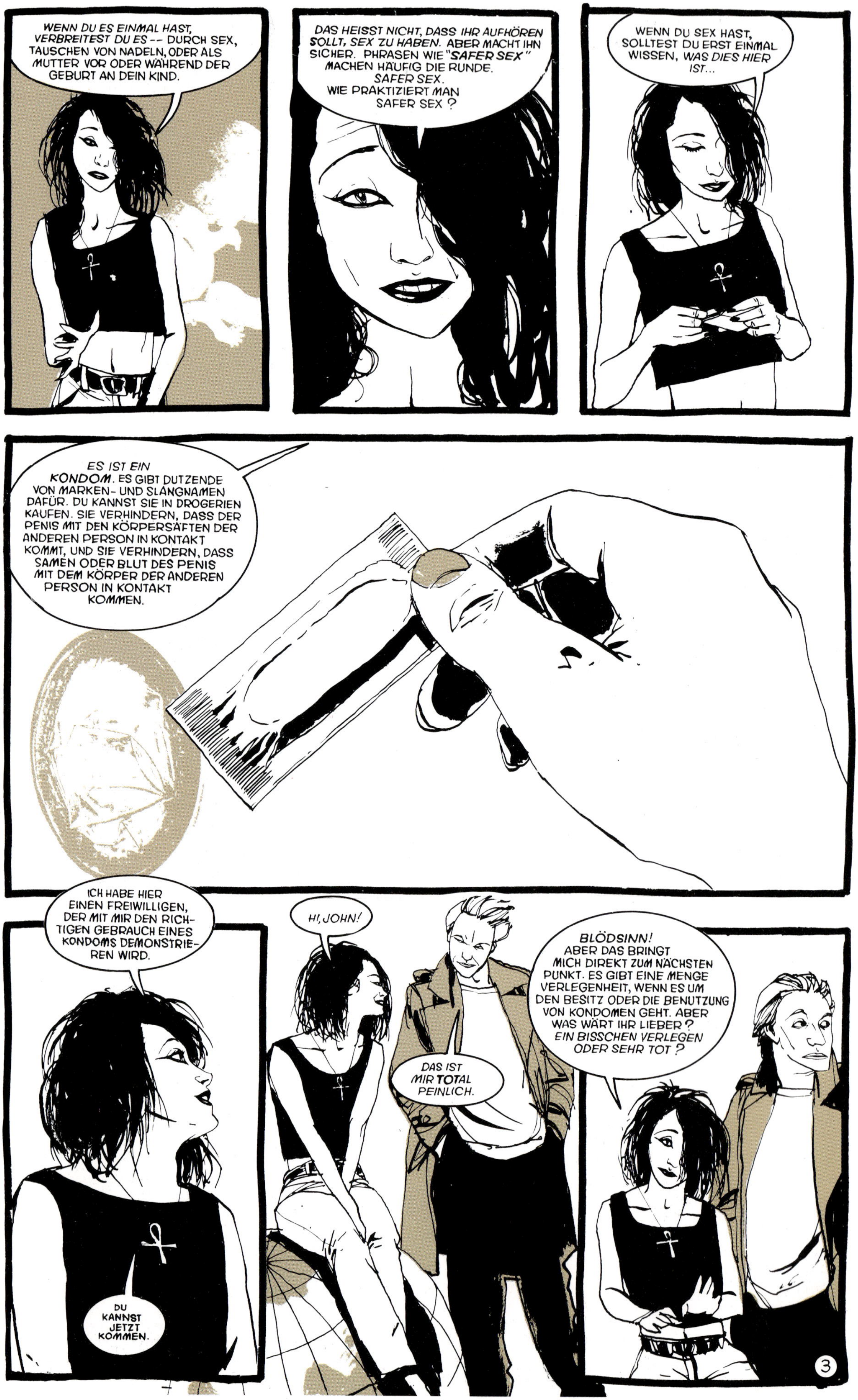

WENN DU ES EINMAL HAST, VERBREITEST DU ES -- DURCH SEX, TAUSCHEN VON NADELN, ODER ALS MUTTER VOR ODER WÄHREND DER GEBURT AN DEIN KIND.
DAS HEISST NICHT, DASS IHR AUFHÖREN SOLLT, SEX ZU HABEN. ABER MACHT IHN SICHER. PHRASEN WIE "SAFER SEX" MACHEN HÄUFIG DIE RUNDE. SAFER SEX. WIE PRAKTIZIERT MAN SAFER SEX?
WENN DU SEX HAST, SOLLTEST DU ERST EINMAL WISSEN, WAS DIES HIER IST...
ES IST EIN KONDOM. ES GIBT DUTZENDE VON MARKEN- UND SLANGNAMEN DAFÜR. DU KANNST SIE IN DROGERIEN KAUFEN. SIE VERHINDERN, DASS DER PENIS MIT DEN KÖRPERSÄFTEN DER ANDEREN PERSON IN KONTAKT KOMMT, UND SIE VERHINDERN, DASS SAMEN ODER BLUT DES PENIS MIT DEM KÖRPER DER ANDEREN PERSON IN KONTAKT KOMMEN.
ICH HABE HIER EINEN FREIWILLIGEN, DER MIT MIR DEN RICHTIGEN GEBRAUCH EINES KONDOMS DEMONSTRIEREN WIRD.
DU KANNST JETZT KOMMEN.
HI, JOHN!
DAS IST MIR TOTAL PEINLICH.
BLÖDSINN! ABER DAS BRINGT MICH DIREKT ZUM NÄCHSTEN PUNKT. ES GIBT EINE MENGE VERLEGENHEIT, WENN ES UM DEN BESITZ ODER DIE BENUTZUNG VON KONDOMEN GEHT. ABER WAS WÄRT IHR LIEBER? EIN BISSCHEN VERLEGEN ODER SEHR TOT?
3

ALSO, JOHN, LASS UNS ANFANGEN.
ICH FIND'S IMMER NOCH PEINLICH.
NEBENBEI, DIES IST AUS DEMONSTRATIONSGRÜNDEN, EINE BANANE. KEIN EREGIERTER PENIS.
O.K.-- NIMM IHN MIT DEN FINGERN AUS DEM PAKET, NICHT MIT DEN ZÄHNEN. DU WILLST IHN JA NICHT ZERREISSEN.
HALT IHN AN DER SPITZE ZWISCHEN DAUMEN UND ZEIGEFINGER FEST, WÄHREND DU IHN DIE BANANE ...ÄH, DEN PENIS... HERUNTERROLLST.
ACHTE DARAUF, DASS KEINE LUFT IM KONDOM BLEIBT, SONST VERRUTSCHT ER BEIM SEX.
NIMM LATEXKONDOME! ANDERE NUTZEN NICHTS ZUR KRANKHEITSVORBEUGUNG.
O.K.? ALLES KAPIERT?
DANKE, JOHN.
JA. JEDERZEIT.
MANCHE LEUTE MÖGEN KEINE KONDOME. WENN SICH JEMAND NICHT GENUG UM DICH SORGT, UM EINEN KONDOM ZU TRAGEN--ODER DICH EINEN KONDOM TRAGEN ZU LASSEN--DANN IST ER ES AUCH NICHT WERT, DASS DU MIT IHM SEX HAST. VERSTANDEN?
4

NACH DEM BENUTZEN BESEITIGE DEN KONDOM SORGSAM. DIE BANANE KANNST DU ESSEN.
NATÜRLICH IST EIN KONDOM NICHT DIE EINZIGE METHODE FÜR SAFER SEX. ES GIBT AUCH SEX OHNE GESCHLECHTSVERKEHR. DU KANNST AUCH ANDERE SACHEN MACHEN-- Z.B. UMARMEN, SCHMUSEN, PETTING...
RISIKOFREI...
DU KANNST AUCH EINE MONOGAME BEZIEHUNG HABEN, MIT JEMANDEM, DER EINE MONOGAME BEZIEHUNG MIT DIR HAT. ODER ABSTINENZ UND KEUSCHHEIT. WENN DU KEINEN SEX HABEN WILLST, DANN NICHT. DAS IST KEINE GROSSE SACHE.
NOCH EIN PAAR ALLGEMEINE DINGE, DIE DU DIR MERKEN SOLLTEST. HAB NUR SEX MIT LEUTEN, DIE DU GUT KENNST. ABER SELBST DAS IST KEIN SCHUTZ -- EINER VON EUCH KÖNNTE BEREITS DEN HIV-VIRUS HABEN.
VORSICHT BEI SEX, WÄHREND DU UNTER DEM EINFLUSS VON DROGEN ODER ALKOHOL STEHST. DANN IST DEIN VERANTWORTUNGSGEFÜHL AM GERINGSTEN UND UNGEWOLLTER SEX GESCHIEHT.
AIDS IST NICHT DER EINZIGE GRUND FÜR SAFER SEX. ES GIBT NOCH VIELERLEI ANDERE.
NICHT ALLE GESCHLECHTSKRANKHEITEN SIND SO GEFÄHRLICH WIE AIDS, ABER KEINE DAVON IST ANGENEHM, UND SIE ALLE HABEN UNANGENEHME KONSEQUENZEN, WENN SIE NICHT...
... BEHANDELT WERDEN. GONORRHÖ, HERPES, TRIPPER... ES GIBT EINEN GANZEN HAUFEN DAVON. UND NICHT ALLE LASSEN SICH SO EINFACH MIT ANTIBIOTIKA WEGDRÜCKEN.
5

SEX KANN WIRKLICH NETT SEIN. ABER ER IST ES NICHT WERT, DAFÜR ZU STERBEN -- GERADE WENN MAN MIT ETWAS GESUNDEM MENSCHENVERSTAND LÄNGER UND GLÜCKLICH LEBEN KANN.
WENN NICHT -- DANN SEHEN WIR UNS...
ACH JA, ES GIBT NOCH EINEN ANDEREN NEBENEFFEKT ZU UNGESCHÜTZTEM SEX: ...
DAS LEBEN!
DAS IST ALLES, WAS ICH SAGEN WOLLTE.
MEHR KANN MAN IN EINEM SECHS-SEITEN-COMIC NICHT UNTERBRINGEN. DIES WAR EIN KURZER BLICK AUF EIN GROSSES THEMA.
DAVE McKEAN 9/27/92
WENN DU MEHR INFORMATIONEN ÜBER DAS GANZE BRAUCHST ODER DIR SORGEN MACHST, DASS DU AIDS ODER EINE ANDERE GESCHLECHTSKRANKHEIT HABEN KÖNNTEST, WENDE DICH AN EINE DER VIELEN ORGANISATIONEN, DIE ES GIBT, UND DIE DIR HELFEN...
IHRE NAMEN UND ADRESSEN FINDEST DU IM TELEFONBUCH.
NUN WIRF NOCH DEINE BANANENSCHALE ORDENTLICH WEG.
FOR DON MELIA

Das derzeit einzige Mittel gegen Aids:

Geld. Viel Geld – für Kommunikation. Wir haben deshalb einen Fonds gegründet. Wenn Sie dafür spenden wollen: Deutsche AIDS-Hilfe, Kommunikations-Fonds, Deutsche Apotheker- und Ärztebank, BLZ 100 906 03, Konto 010 3500 500 – Absender nicht vergessen, Spendenquittung folgt. Und wenn Sie als Unternehmen (wie Benetton und CareCard) mit 100.000 Mark ein Zeichen setzen wollen – bitte Barbara Schiess anrufen: **(040) 44 80 400.**

Deutsche AIDS-Hilfe e.V.

SIE TUN,
WAS SIE
IMMER TUN.
MIT KONDOM.
Deutsche
AIDS-Hilfe e.V.

Vier Geschichten, für vier gute Menschen:
CLIVE BARKER, JILL KARLA SCHWARTZ, AIMEE HORSTING
und MIKAL GILMORE.
Hallo, Leute.

Neil

Für Mutter, die meine frühen, seltsamen Zeichnungen für normal erklärte; für Vater, der sich mit mir FRANKENSTEIN und KOLCHAK, THE NIGHTSTALKER ansah; für Jeff, der seinen kleinen Bruder seinen Freund sein ließ, genauso wie für Lynn, Bill, Ed, Steve und Carol; und für Robert Pickman, den größten Künstler, Roger Corman, James Whale, Boris Karloff und Peter Cushing; und Gustav Quadrangie für endlose Inspirationen; und zum Schluß Knuckles, das sehr geduldige und orange-farbene Modell der „Sandkatze".

Kelley.

Für „Mr. Sandman" selbst, Michael Wm. Kaluta, der mir beibrachte, wie Träume wahr werden.

Charles.

Für meine Mutter und meinen Vater.

Colleen

Für Inell Jones.

Malcolm

B I ? G R A F I E N

NEIL GAIMAN

Neil Gaiman wurde am 10. November 1960 geboren. Neben *Sandman* zeichnet er als Autor für *Violent Cases* (dt. bei Feest Comics), *Schwarze Orchidee*, *Das Buchd er Magie*, *Miracleman* und *Der letzte Film* verantwortlich. Zusammen mit Terry Pratchett hat er den Bestseller *Ein gutes Omen* verfaßt und verschiedentlich Kurzgeschichten und Gedichte veröffentlicht. Zur Zeit schreibt er an einem Buch mit Gruselgeschichten für Kinder und bereitet sich auf die Zusammenarbeit mit Michael Zulli vor, mit dem er die Geschichte von Sweeny Todd, dem dämonischen Barbier von Fleet Street, erzählen wird. Gaiman hat schon viele Preise gewonnen. Die meisten seiner Träume spielen in einem weiten dunklen Haus, aber nie zweimal in einem Raum.

MALCOLM JONES III

Malcolm Jones III besuchte die High School of Art and Design und das Pratt Institute, bevor er auf den Seiten von DCs *Young All-Stars* sein Comic-Debüt gab. Der 32jährige Brooklyner tuscht außerdem *The Question Quaterly* für DC und zeichnet für Marvel *Coldblood 7*. In seiner Freizeit studiert Jones Zeichnen und Malen und hört Musik von Stevie Nicks über Miles Davis bis Mozart.

ROBBIE BUSCH

Robbie Busch graduierte am Pratt Institute und koloriert zur Zeit *Bill and Ted's Excellent Adventure* und *The Demon*. Außerdem textet und zeichnet er auch das angekündigte *Instant Piano*. Er wurde in Sioux City, Iowa, geboren, wuchs auf in Cincinnati, Ohio, und lebt momentan in Brooklyn, New York.

DAVE McKEAN

Dave McKean lebt in Kent, England, mit seiner Lebensgefährtin Claire und einigen Schafen, die alle auf „Nummer 25" hören. Er hat verschiedene Comics aus der Feder des Autors Neil Gaiman illustriert wie auch seine eigene Serie *Cages*. Zur Zeit arbeitet er mit The Unauthorized Sex Company Theatre Group sowie mit den Autoren Ian Sinclair und Jacka Carroll an verschiedenen Comic-Projekten sowie an den Aufnahmen zu einer Platte.

KELLY JONES

Kelley Jones wäre ein außergewöhnlicher Baseballspieler geworden, aber er konnte den „curve ball" nicht regelmäßig treffen. Er genießt das Comiczeichnen, weil es einer der wenigen Berufe ist, bei denen man einer Sportübertragung zuhören kann, ohne Ärger zur kriegen. Er lebt in Citrus Heights, Kalifornien und zeichnet die angekündigte zweite Deadman-Prestige Serie für DC.

CHARLES VESS

Charles Vess ist, ergänzend zum Illustrieren von Kinderbüchern und Märchen, auch der Zeichner von DC's *The Books of Magic*, Bd. 3 und Zeichner und Autor des Spiderman-Albums *Spirit of the Earth*. Er lebt gegenwärtig auf 25 Morgen Land in Virginia.

COLLEEN DORAN

Colleen Doran arbeitet seit ihrem fünfzehnten Lebensjahr als Illustratorin. Seit dem College zeichnet sie für die Comics. Sie hat ca. 50 verschiedene Titel illustriert, u.a. Clive Barker's *Hellraiser*, *The Amazing Spiderman*, *Vampirella*, *Excalibur*, *Creepy*, *X-Factor* und DC's *Wonder Woman*. Sie hat auch die Albenadaption von Anne Rice's *The Master of Rampling Gate* illustriert und Disney's Beauty and the Beast. Gegenwärtig lebt und arbeitet sie in Virginia, wo sie die Serie *A Distant Soil*, die sie selbst geschaffen hat, schreibt und zeichnet.

N A C H W O R T

Vielen Dank:
An Kelley Jones, für dunkle Schatten und Kätzchen.
An Charles Vess, für Puck. An Colleen Doran, für ein leeres Zimer voller Gesichter. An Malcolm Jones, für wundervolle Arbeit – immer darüber und immer davon. An Todd Klein, für das Erkennen der obskursten Hinweise. An Steve Oliff, für all die Farben der Nacht. An Kim Newmann, die mir sagte, wann die Oscar-Nominierungen bekannt gegeben werden. An Guy Lawley, der einen Bezoar für mich fand. An Terry Pratchett, denn wir sind gemeinsam durch die Hölle gegangen, nicht zu vergessen Amerika. An Tom Peyer und Karen Berger für ihren Einsatz und ihre Hilfe. An Dave und Clare, wie immer. An Michael McGarrey und Michael Houseknecht, die niemals Sandman lesen. Ruht in Frieden, Jungs. An den späteren Reverend E. Cobham Brewer, unter anderem Autor von *Brewer's Dictionary of Phrase and Fable*. Ich halte es für sinnvoll, ihm ein Buch zu widmen, und ich werde es wahrscheinlich nie schaffen, also muß dies genügen.

All den Leuten, die Sandman öffentlich unterstützten, besonders Mikal Gilmore, Tom Whitmore, Ed Bryant, Steve Erikson und Dave Sim. Danke, Jungs. Jedem, der mein Leben leichter machte und mich zum Schreiben allein ließ. Und den Kindern, die es nicht taten. Und an dich - was immer deine Träume sein mögen.

Neil Gaiman, 21 Juni 1991, Sussex, England.